KERGUELEN INSEL
hauptsächlich nach den Aufnahmen von
KERGUELEN, COOK, RHODES, ROSS, NARES
1772 – 1874.
Von A. Petermann.
MALTA
CLOUDY Iᵈ
SWAIN Iᵈ
CUMBERLAND BAY
WHITE RIVER
RHODES BAY
WHALE BAY
HILLSBOROUGH BAY
WEST ISLAND
ROYAL SOUND
GOTHA: JUSTUS PERTHES
1875.

MARTA BARRIO GARCÍA-AGULLÓ

Los gatos salvajes de Kerguelen

BARLOVENTO

altamarea

Primera edición en esta colección: octubre de 2020

altamarea.es
altamarea@altamarea.es

Foto de cubierta: Cassie Matias
Foto p. 2: Sara Maroto Hebrero
Foto pp. 176-177: Jene Yeo

Diseño de la colección: Ricardo Juárez y Sara Maroto Hebrero
Diseño de cubierta: Federica Grosso
Maquetación: Alfredo Castillo

Corrección: Carlos Clavería Laguarda y Ana del Amo Hernández

ISBN: 978-84-122042-2-3
DL: M-23891-2020

Impreso en España por Estugraf Impresores en octubre de 2020

MARTA BARRIO GARCÍA-AGULLÓ

Los gatos salvajes de Kerguelen

Soy la espuma que avanza y cubre de blanco
el borde superior de las rocas, soy también
una muchacha, aquí, en esta habitación.

Virginia Woolf,
Las olas

A mi hermano Miguel, el aventurero de la familia, cuyas cartas desde una isla remota inspiraron esta novela.

Mensaje encontrado en una botella en las costas de Tierra del Fuego: «Si este grito de socorro llega a buen puerto, los invernantes de las Kerguelen os suplicamos que vengáis a rescatarnos. Hace meses que perdimos el contacto con el mundo exterior. No nos quedan apenas víveres. Tenemos hambre y frío. Las Islas de la Desolación se hunden y nosotros con ellas. La marea sube. Va ganando terreno. El océano será nuestro cementerio. Salvadnos».

1. Rumbo al sur

A menudo pienso que con un poco de suerte podría haber sido una mujer lobo, porque mis dedos medio y anular son igual de largos, pero he tenido que contentarme con lo que soy.

Shirley Jackson
Siempre hemos vivido en el castillo

1.1 Olivia se agarra con fuerza a la barandilla del barco. Tiene los nudillos blancos, se le han quedado las manos frías y los brazos agarrotados, pero hacía mucho, demasiado, que no se sentía tan feliz. Lleva así horas, desde que zarparon de Reunión. Las olas tienen algo hipnótico y arrullador, como el crepitar del fuego. Se pasaría toda la vida en la proa de este barco, mirando el mar, con sal en los labios, el pelo revuelto por el viento y ese hormigueo que marca el principio de un viaje. La libertad que da el escapar de la rutina...

La perspectiva de vivir un año en una de las islas más remotas del mundo —donde hay muchísimos más elefantes marinos que humanos— es alentadora, sobre todo para alguien que evita por todos los medios establecer más contacto del necesario con los individuos de su propia especie.

Estaba deseando embarcar. Últimamente le han entrado impulsos homicidas en el metro. Le dan muchísimas ganas de empujar a las vías a alguno de esos maleducados que se creen tan importantes de camino a sus trabajos que te dan pisotones y ni se disculpan. Se imagina perfectamente cómo un empujoncito de nada, que podría incluso pasar inadvertido, en el momento exacto, cortaría la insolencia de un tajo. Ya no volverían a incordiar. Parecería un accidente, y entonces un imbécil menos caminaría sobre la faz de esta tierra plagada de imbéciles.

Si las miradas pudieran matar, Olivia ya habría acabado con unos cuantos. Las fantasías asesinas la ayudan muchísimo a sobrellevar el día a día. Se recrea en los detalles morbosos y consigue mitigar un poco la sensación de asfixia: cierra los ojos e imagina los cuerpos guillotinados, con la sangre que sale a borbotones y mancha de rojo las caras y las camisas de los pasajeros, quienes tendrían que regresar a casa a cambiarse y, de consecuencia, llegarían tarde a la oficina, perseguidos por el olor de la muerte, que no se quita por mucho que te frotes con la esponja bajo la ducha, por mucho que laves la ropa.

Olivia necesitaba un respiro, cambiar de escenario. No ver edificios sino espacios abiertos, focas al sol, pingüinos pescando en el mar; ver cormoranes volar en el cielo austral. No se le puede pedir más a la vida. O tal vez sí, pero por ahora es suficiente con la brisa marina, la promesa de la soledad y el aire libre.

1.2 Al Marion Dufresne II le quedan días de navegación antes de volver a atisbar tierra firme. Primero se detendrá en Crozet, luego arribará a Kerguelen, aunque para eso aún faltan casi tres mil kilómetros de travesía. Va rumbo a un sur ventoso y gélido.

Los pasajeros del barco se dividen en científicos, que miran el mar apostados en la proa, como mascarones; en militares, apostados en la popa, como despidiéndose de la civilización; y en turistas, que han pagado muchísimo dinero para poder visitar las tierras australes antárticas francesas.

A medida que se alejan de la costa, los científicos sacan los prismáticos, ansiosos por ser los primeros en divisar una orca, un delfín o alguno de los grandes cetáceos que nadan en esos mares y que son debidamente fotografiados desde todos los ángulos.

Los militares no escudriñan con expectación ni las aguas ni el cielo. Le dan la espalda al aire libre, se adentran en las entrañas del barco mientras los turistas pegan grititos al ver los albatros, exclamaciones que son al principio de alegría y luego de terror, asustados de lo cerca que vuelan de sus cabezas. Son las aves con mayor envergadura —hasta tres metros y medio— de entre las que no se han extinguido. El calentamiento global ha causado un pico temporal en la población de albatros, pues ha modificado los patrones de viento oceánicos: corrientes de aire más rápidas les han permitido viajar distancias más largas y ahorrar tiempo, poder recolectar más alimentos y, por tanto, dedicarse con más asiduidad a la actividad amatoria. Llegan a vivir setenta años, de los cuales pasan cincuenta emparejados. Creen en la familia, no así en la monogamia. Un estudio dictaminó que el diez por ciento de los polluelos que criaban estas aves había sido engendrado fuera de la pareja, otro registró más de cuarenta infidelidades de una hembra de albatros en tan solo siete semanas. Se han documentado casos de parejas de hembras que crían juntas a los polluelos que engendran en sus devaneos heterosexuales.

Poco a poco, las especies de aves tropicales van dejando lugar a las subantárticas. Los rabijuncos, que ponen un solo huevo de color rosado con manchas parduzcas y cuyas plumas traseras miden lo mismo que el resto de su cuerpo, son reemplazados por los petreles dameros, de plumaje ajedrezado.

Al caer la tarde, todos se reúnen en el bar, y los militares y los científicos se pelean por el control de la música mientras los turistas bailan, ajenos a la discordia. La brecha es de origen cultural: son enemigos desde el primer momento por razón de una diferente manera de concebir el mundo. Lo que para unos es la oportunidad que permite pisar una isla virgen y descubrir las formas que adopta la naturaleza cuando está a salvo del mayor destructor de ecosistemas —el hombre—, para otros es un mal menor, un destino poco peligroso y bien pagado. Los militares ponen las canciones del verano; aprovechan el poder de su fuerza. De vez en cuando se despistan y, mientras van a por una copa, se urde la revolución y una avanzadilla de científicos achispados consigue colar alguna canción más decente.

Los que no soportan el vaivén del buque se pasan el día tumbados con cara de congoja. Son marineros de agua dulce. El barco se tambalea en la cresta de las olas, cada vez más altas. La travesía no está siendo de placer. Se avecina un temporal. Tendrán que atar las maletas y las sillas para que no se desplacen por las habitaciones. En las cocinas, las ollas quedan vacías porque el agua caliente podría saltar por los aires. Olivia ha guardado el ordenador portátil en el armario y lo ha envuelto en una manta, como si fuera un cadáver. Pretende así amortiguar los golpes.

Suben a menudo al puesto de mando, que es el mejor lugar para avistar la fauna. Aquí se atrincheran los ornitólogos, del alba hasta el crepúsculo; como son varios, se turnan para no tener que madrugar. Se trata de un mirador acristalado desde el que se pueden observar los colores cambiantes del agua y del cielo, los amaneceres y los atardeceres. O desde el que temer los peligros encubiertos por la niebla, que tiñe los vidrios de un gris marengo. Cuando la mar está en calma, no tener referencias espaciales da una impresión de vértigo. Parece que la Tierra sea plana y que se vayan a salir del mapa, a caer en el abismo. Cuando la mar se encabrita se encogen las almas.

Anuncian tormenta para la noche que marca justo la mitad del viaje. Fecha fatídica: están entre dos islas igualmente lejanas. Teniendo en cuenta lo inclemente de la temperatura en esas aguas, un naufragio se considera una muerte segura. Nadie se atreve a expresarlo en voz alta, por superstición. Si no lo dicen, quizás no suceda. El lenguaje adquiere un significado litúrgico. Ya no se asoman a la cubierta, no quieren invocar a las criaturas que pueblan sus pesadillas. Los cetáceos se confunden con el *kraken* de las leyendas. Reviven en ellos terrores ancestrales. Se despiertan gritando, empapados en sudor, tras soñar con los monstruos sanguinarios que esconden las simas del océano.

La amenaza de la tormenta perfecta acerca por un momento a todos los pasajeros, que observan de reojo cómo se prepara el barco para la batalla. Memorizan las instrucciones de evacuación. Las normas de salvamento incluyen embutirse en una combinación salvavidas de neopreno. Tienen que conseguirlo en menos de dos minutos. Han hecho simulacros. Se arrepienten de haberse dejado llevar por el romanticismo y ahora recuerdan la letra pequeña del contrato, en la que el Instituto Polar Francés se desentendía de los daños que pudieran sufrir.

Ven acercarse el primer iceberg, es gigantesco; no debería estar ahí. La adrenalina se palpa, es casi eléctrica. En toda su historia de navegación, es la primera vez que el Marion Dufresne II se encuentra con un iceberg en esas latitudes. No es un barco como los demás, es un buque de investigación y suministro de ciento veinte metros de eslora, pero tampoco es un rompehielos acorazado como los que viajan hacia el Polo. No soportaría el embiste de un iceberg inmenso y su integridad depende por completo de la destreza que tenga el capitán para sortearlo. Pasan cerca, demasiado cerca, por eso contienen la respiración, atentos al menor ruido. Una vez desaparecido el iceberg en el horizonte, olvidan las rencillas y, hermanados en el descontrol, acaban con todas las reservas del bar.

Solo los marineros permanecen sobrios, ajenos a la orgía de bacantes que se celebra en la discoteca del piso inferior. El alcohol y el balanceo del barco no son una buena mezcla, muchos pasajeros vomitan por los rincones. Ante la proximidad de la muerte, la desinhibición es absoluta. Eros y Tánatos van siempre de la mano, desbocados.

Muchos amanecen en el camarote equivocado, junto a un cuerpo desconocido que les ha permitido arrinconar durante unas horas el temor y hacer oídos sordos al fragor de la tempestad. Los temibles mares del sur no desmerecen —en este viaje— de su reputación de fiereza. No osan mirar el mar, como si no quisieran intuir sombras serpenteantes debajo del barco. Tampoco levantan la cabeza hacia el cielo, como si no quisieran ver las aves de mal agüero que planean sobre ellos. Es posible que pronto estén a su merced, una presa fácil en un bote de salvamento a la deriva.

La palabra iceberg viene del neerlandés y quiere decir montaña de hielo. Se estima que una octava parte de la superficie no viaja sumergida, de ahí la expresión «la punta del iceberg». De ahí también que supongan un peligro real, e impredecible, para las embarcaciones.

1.3 Cuando despierta, Olivia no recuerda mucho de lo que ha pasado, sí lo suficiente para sentir arrepentimiento. Sin hacer ruido, se desliza por debajo de la zarpa sudorosa que la aprisiona. Un reguero de baba cubre la almohada, el semen crujiente adorna una manta raquítica. No hay ni un solo libro a la vista. Mucha espiga y poco grano. Iba demasiado ebria para darse cuenta de esos detalles tan significativos, o quizá la noche era tan cerrada que decidió pasarlos por alto.

Rebusca a tientas la ropa y echa un vistazo por el ojo de buey mientras se pone los pantalones. Un escalofrío le recorre la espalda al atisbar un segundo iceberg. Va a agonizar muy mal acompañada. Todo por la necesidad de abrazar un cuerpo caliente en la profundidad de la noche, de combatir el miedo tras ver pasar el bloque de hielo tan cerca del barco.

Sale huyendo del camarote, pero su amante se despierta, la persigue por el pasillo y la abraza por la espalda mientras baja la escalera. Olivia ha practicado, desde pequeña, artes marciales, y la llave es ya un acto reflejo; sale sola, como en el combate de un campeonato. Es cinturón negro, que equivale a llevar un arma blanca siempre encima, a pesar de que «kárate» signifique algo así como «el camino de la mano vacía».

El ruido sordo del cráneo al golpear contra el escalón no deja lugar a dudas, pero se agacha para buscar el aliento del hombre desnudo. No respira, no tiene pulso. El cuello forma un ángulo rarísimo. Mira a su alrededor, no hay moros en la costa. Estarán todos durmiendo todavía, tras una noche de excesos. Sin pensarlo, levanta el cuerpo del suelo y lo arroja por la borda. No se detiene a mirar cómo se lo tragan las aguas. No recuerda su nombre; lo llamará Jonás, por lo de la ballena.

Corre a su camarote, cierra la puerta, y no sale en todo el día. Mientras admira los icebergs de todos los tamaños que no dejan de pasar, de nuevo demasiado cerca para su gusto, dibuja flores, caracoles y lunas en el vidrio empañado del ojo de buey. Dan ganas de subirse con una pértiga a esas islas de merengue flotante y de navegar hacia el ocaso.

Los témpanos que atraviesan el océano no son necesariamente blancos. En el atardecer son un prisma, un *aleph* de reflejos: recogen y concentran toda la luz y la devuelven irisada.

1.4 A la mañana siguiente, Martine aporrea la puerta. Olivia no quiere levantar sospechas, así que justifica el mal humor con la resaca y se dispone a escuchar la enumeración de las acrobacias sexuales efectuadas por su amiga con un italiano llamado Edoardo al que Olivia también le había echado el ojo, pero no el lazo.

Martine fue más rápida. Olivia entró en la discoteca mientras la pareja ya se marcaba unos ardorosos besos de tornillo en el centro de la pista de baile. Si no hubiera tardado tanto en arreglarse, quizás habría detenido el romance a tiempo. En esas estaba, llorando despechada mientras volvía al camarote, cuando apareció para consolarla su

Romeo, el mismo que ahora yacía en el fondo del mar; o en la panza de alguna ballena. Por lo menos nadie la ha visto. Ha actuado con nocturnidad y alevosía. O eso quiere pensar.

Edoardo sería uno más de esos modernos con barbita que parecen sacados todos del mismo molde si el azul de sus iris no fuera tan pálido. Martine ha hecho fotos, cómo no. Olivia traga saliva al ver el pene enhiesto en la pantalla del móvil. Es perfecto, de película porno: ni torcido, ni fino, ni rechoncho. Olivia deseaba que Edoardo tuviese algún defecto físico, un talón de Aquiles en su belleza apolínea. Pretendía con ello no odiar tanto a Martine, o no odiarse tanto por la falta de iniciativa. Olivia se acaba conformando siempre con el amigo del que le gusta; es una condena. Jonás no es ya sino una figura borrosa en la memoria, un pene en forma de garfio que se le clavó en las entrañas sin delicadeza alguna.

Mientras tanto, la sangre fría de la tripulación consigue mantener intacto el barco. El capitán ha dado instrucciones por los altavoces para que nadie salga a cubierta, ni siquiera bajo su propia responsabilidad, por precaución. Los nubarrones comienzan a sangrar y el ruido del vendaval apaga todos los demás. Hay que agarrarse a los cordones de seguridad para no tambalearse por los pasillos. La desaparición de Jonás parecerá un accidente. Olivia se hará la sorprendida, como el resto. «Sin cadáver no hay crimen», se repite como un mantra. «Sin crimen no hay castigo».

Tiene restos de sangre seca incrustada en la uña del meñique. Saca el neceser, se pinta de rojo rubí las uñas de las manos y, ya que está, las de los pies, mientras escucha a Martine, que podría hablar de sí misma durante horas —arrobada por el sonido de su voz— y no se inmutaría aunque Olivia descuartizase a alguien delante de sus narices y se untase las mejillas con el dedo mojado en sangre.

Sus amigas la irritan cuando narran sus romances con golpes de efecto, a bombo y platillo, como capítulos de un culebrón de sobremesa. Le da rabia, porque son inteligentes. Una de ellas es doctora en astrofísica, especialista en estrellas binarias, y aun así pierde el tiempo diseccionando cada minuto que pasa en compañía masculina. Quizás la realidad sea tan poco interesante que sea necesario buscar significados recónditos en palabras vacías, a pesar del desperdicio de todas esas mentes brillantes dedicadas a desentrañar los misterios del amor, a intelectualizarlo. Ella es pudorosa, y nunca describe con puntos y comas sus ligues.

Olivia divide el mundo entre actores protagonistas, secundarios y espectadores. Martine es la *vedette*. Tenía que enrollarse con el galán del barco, era el único guion posible. Martine era la verdadera culpable de la muerte de Jonás, pues el pobre no intentó sino ahogar las penas del despecho. Hubiera sido mejor tirarla a ella por la borda, hubiera tenido más sentido; aunque en esta vida nada lo tiene.

Estaba decidida a hablarle aquella noche. Se paró un momento en el umbral con la intención de darse ánimos, pero la suerte ya estaba echada. Ahora tiene sangre en las manos. No conseguirá lavarla nunca; lleva la maldad marcada a fuego en las uñas. Se las examina de reojo. Es una asesina: un nuevo estado civil, una etiqueta tan reluciente como el esmalte rojo. Homicidio involuntario, tal vez, pero homicidio al fin y al cabo, y con ocultación de pruebas. Menos mal que el temporal habrá limpiado ya las gotas de sangre que dejó en el escalón la nuca herida de Jonás.

Olivia siempre ha imaginado la muerte como algo escandaloso, y esta ha llegado sin estrépito ninguno. Un parpadeo, un golpe seco, un cuerpo desnudo que le resbala de entre las manos hacia el fondo marino.

1.5 El silencio, de repente. Ha cesado el soliloquio. Un murmullo de agitación recorre el barco. Las dos amigas salen apresuradamente del camarote temiendo lo peor. Reina el desconcierto, los pasajeros se arrastran como almas en pena y esperan órdenes, de quien sea. Los altavoces, de nuevo, cumplen su función: «Todos a sus camarotes», rugen, «esto no es nada. Llegaremos a puerto sanos y salvos».

Olivia vuelve a la cama tras saquear los víveres de Martine, que ha desertado para retornar con su Adonis, desobedeciendo las órdenes del capitán: está prohibido deambular por los pasillos. Olivia desea que se mate ella también. Cierra los párpados mientras se chupa el chocolate derretido de la punta de los dedos, y sueña con el hielo azulado de los icebergs.

Cuando despierta es de noche y la tormenta ha amainado, al menos el barco ya no se tambalea tanto. Parece evidente que el sacrificio de un mártir inocente ha aplacado la cólera de los dioses; el cuerpo desnudo de Jonás ha calmado de momento el apetito de los monstruos que acechan en el vientre del océano, y que les permiten continuar la travesía.

Ha tenido un sueño reparador. Lamerse los dedos —una mezcla de sangre y chocolate— le ha infundido valor y proporcionado una extraña serenidad. La impunidad de la que goza la sobrecoge. ¡Si lo hubiera sabido antes!

Después de todo, tal vez esa sea su vocación. Nunca es tarde, si bien se piensa. Abre una novela de Agatha Christie y se enfrasca en la lectura. Quiso ser bibliotecaria, hasta que descubrió que no se pasaban el día leyendo tranquilamente, como imaginaba, sino que era una profesión de cara al público consistente en sermonear a quienes no devolvían los libros a tiempo. Entonces se decantó por su otra pasión infantil, los bichos.

Del amor por las historias de detectives le ha quedado, eso sí, cierta atracción por el crimen. Ahora que ha cometido uno, nota que algo salvaje se ha despertado en ella. Pretende dejar que crezca, hasta tomar la forma que desee. No opondrá resistencia. Siente curiosidad por conocer esa faceta de sí misma, que tan aletargada ha permanecido todos estos años.

Si tuviera que elegir un superpoder, sería el de controlar las mentes ajenas, y así poder convertir a los demás en marionetas que obedeciesen sus órdenes sin discusión. Como Obi Wan Kenobi cuando convence a los soldados imperiales de que no son ellos los fugitivos a quienes buscan. Acabaría con el libre albedrío y se anularía el conflicto. Ya de paso, tampoco estaría de más asfixiar a distancia a quienes osen contradecirte, como hacía Darth Vader.

A Olivia le atrae mucho más el lado oscuro de la fuerza. Siempre ha sentido afinidad con los villanos de las películas, aunque en las pantallas ganen los buenos, por aquello de la moraleja.

Esos superpoderes le hubieran venido de perlas de pequeña para acallar a las niñas malas que la hacían sufrir.

Olivia fue a un colegio de pago sin pagar, francés, religioso y de señoritas en El Viso, llamado Union-Chrétienne de Saint-Chaumond. Las hijas de los empleados tenían la matrícula gratis. Por el contrario, debido a la segregación por sexos, los hijos no podían acceder a la educación elitista de aquel colegio francés, y los cuatro hermanos de Olivia acabaron, sin excepción, de camareros.

Su madre era la cocinera y su padre el jardinero, oriundos ambos de un lugar de La Mancha del que Olivia no quería ni acordarse: cuatro casas desvencijadas que se apiñan en el meandro de una carretera provincial de mala muerte. Un pueblo fantasma, castigado por el sol y por el aburrimiento.

El uniforme, que todas aborrecían, la protegió en cierto modo de que las desigualdades fueran demasiado evidentes. El suyo era, si acaso, más viejo, estaba más desgastado, con esas bolitas que les salen a algunas prendas cuando se acercan a la fecha de caducidad. Su madre compraba uno varias tallas más grande, e iba deshaciendo el dobladillo de la falda a medida que crecía. Odiaba aquel uniforme incomodísimo. Le picaba la piel por culpa del jersey, sobre todo en el cuello.

Las diferencias se notaban, a pesar de todo. En clase de gimnasia todas llevaban el mismo chándal color pizarra, y las zapatillas debían ser blancas. Cada alumna podía elegir las suyas. Una niña llamada Milena se burló de las playeras con velcro marca Decathlon de Olivia para fardar de sus Nike nuevas y restregarle que eran doce veces más caras. Olivia se quedó callada y se miró los pies. Siempre le habían parecido comodísimas esas playeras. No tenías ni que atarte los cordones. Debería haberle contestado a Milena que sus zapatos serían doce veces más caros, pero que ella era también doce veces más estúpida; o que sus notas en matemáticas eran doce veces peores; o que tenía el culo doce veces más gordo. Cualquier respuesta hubiera sido mejor que bajar la mirada y dejarse pisotear por aquellas flamantes zapatillas de marca.

Las distribuían por orden alfabético, y este orden preestablecido forjaba alianzas indestructibles, o enemistades imperecederas. Tuvo la suerte de que Jimena, su compañera de pupitre, la invitase a Comillas todos los agostos, salvándola así del tedio del pueblo manchego. La suerte o la desgracia, porque al ver cómo vivían las demás familias pudo medir la distancia que separaba a sus amigas de la frugalidad de su hogar. Comer en exceso, hasta el empacho, era una manera de substraer aquello que no le pertenecía, de hacer suyos esos manjares que jamás iba a catar en casa. Sus favoritos eran los entrantes y los postres, todo lo que acompañaba el plato principal. Se deleitaba en lo accesorio: los quesos, los patés, los arroces con leche, los flanes, los bizcochos, las frutas exóticas y las cremas de limón que adornaban la mesa como en una naturaleza muerta holandesa. Incluso ponían flores en un jarrón azul Klein, y usaban un mantel de lino con servilletas a juego.

Por el contrario, su madre se llevaba fiambreras del colegio (cabe pensar que la cleptomanía de Olivia es un rasgo heredado y no una debilidad propia), y cenaban todos los días lo mismo que habían comido en la cantina escolar, sentados a una mesa tan pequeña que se chocaban los codos y las rodillas de los comensales, con un hule de cuadros rojos y blancos reluciente de tan gastado.

Durante aquellos veranos de la infancia, de una comodidad prestada, en los que Olivia impostaba ser una más y renegaba de sus orígenes sin un ápice de culpabilidad, se despertó en su interior el afán por acumular cosas hermosas. La avidez por lo superfluo, pero aún más por vivir sin el miedo que atenaza a los pobres. El estar a salvo (un techo, comida caliente, hoy y mañana) se compra con dinero, con la incertidumbre y la miseria de otros. Los billetes tienen una concentración altísima de bacterias fecales. El dinero es sucio y da la felicidad, o la seguridad necesaria para que se den las condiciones previas a su existencia.

Fue Jimena quien —al dejarla entrar en un mundo privilegiado— le enseñó lo que se estaba perdiendo y quien insistió para que frecuentara las clases extraescolares que la han convertido en una máquina de matar. Olivia se habría apuntado a lo que su amiga hubiera propuesto: *ballet*, ganchillo, baloncesto, ajedrez o flamenco… Seguía su estela en el firmamento del patio del colegio. Se escondía bajo su sombra, empequeñecía más y más hasta doblarse como una notita en el bolsillo del jersey azul marino del uniforme escolar. En el tatami, en cambio, dejaba de ser invisible, tomaba conciencia del poder de su cuerpo que, por primera vez en la vida, le servía para algo. Allí aprendió a defenderse con manos vacías y pies desnudos. Para enfrentarse a sus hermanos no le valía de mucho el kárate, porque la superaban en número y la atacaban siempre por la espalda cuando menos se lo esperaba.

De niña, Olivia sentía una verdadera obsesión por los cuentos de princesas que no sabían que lo eran. Vivían en la miseria hasta que su verdadera familia las reconocía por una marca de nacimiento, o por la constelación que componían sus lunares. Buscaba en su cuerpo signos que le prometiesen un futuro mejor. Había perdido las esperanzas de haber sido intercambiada en el hospital al nacer. Y, aunque fuera una princesa abandonada en un cesto, no iba a tener un final feliz porque jamás la identificarían con esa piel tan inmaculada como anodina que le había tocado en suerte.

Estaba encadenada a sus padres pobres y a sus hermanos insufribles, pero, con tesón de Antígona, ha logrado romper aquellas cadenas. Ha sido la primera de la familia en obtener un título universitario, que piensa utilizar para aburguesarse todo lo que pueda, o todo lo que la dejen. El temor al fracaso la espoleaba, porque sabía adónde lleva, al menos en su caso: al punto de partida. Concibe el estudio como escalera social. De ahí la meticulosidad a la hora de tomar apuntes, los nervios antes de los exámenes. Las hijas de los otros empleados del colegio abandonaron los estudios antes de tiempo. Algunas eran más listas que ella, pero no tan aplicadas, y se distrajeron en la adolescencia. Ahora tienen ya varios críos y han heredado los puestos que dejaron libres sus padres al jubilarse. Sin conseguir escapar de la rueda de la pobreza, Olivia siempre tuvo claros sus objetivos. No se desvió de su camino y sacrificó a su paso todo lo que fuera menester.

Ella hubiera querido ser una mujer fatal, o como mínimo una mujer florero, poseer una belleza destructiva, incendiaria. Pero no es ninguna Helena de Troya. No arderán ciudades por ella, ni corazones. Por eso no podía permitirse ser una diletante; tenía que ser la mejor de la clase si quería evitar el trabajar con las manos, como su madre, siempre con cortes, los dedos agarrotados y las palmas agrietadas. Aspira a tenerlas cuidadas, con manicura francesa, suaves y sin callos; manos de señora, no de criada. Está orgullosísima de sus uñas lacadas del color de la sangre: sofisticadas, brillantes y femeninas. No se cansa de mirarlas.

1.6 Comienza el recuento y falta uno. Tirando del hilo, descubren que no se le ha visto desde que salió a pasear por cubierta con un cigarrillo en la mano aquella noche. «Habrá tropezado», se dicen. «Estará en el fondo del mar, alimentando a los peces», determinan, tras inspeccionar todo el barco. No dan la vuelta para buscarle, sería imposible dar con él, aunque siguieran el trazo GPS de la ruta. Se decreta la ley seca.

Con disimulo, al salir a cubierta, Olivia se cerciora de que el escalón parece impoluto. Casi han llegado a destino, se avistan ya delfines de Commerson (que parecen orcas) y cormoranes de Kerguelen, con su tupé y sus vistosas manchas azules alrededor de los ojos.

Los albatros, por su parte, los han acompañado durante todo el trayecto gracias a la técnica del planeo: pasan la mitad del tiempo de cara al viento, que utilizan para ascender, y luego se dejan caer hacia el océano. Cubren así enormes distancias con un mínimo esfuerzo, sin aletear apenas. Excepto los barcos científicos, los únicos que se adentran en esas latitudes son los pesqueros, que van en busca de un artículo de lujo para los mercados asiáticos y que habita las aguas más profundas: el bacalao austral (*Dissostichus eleginoides*). Los albatros los acompañan también a ellos buscando la recompensa del pescado desechado.

La frontera entre los grupos se ha vuelto a hacer patente, delineada por el contorno de la costa que se acerca y del cuerpo del militar que nunca encontrarán. Los científicos parecen chiquillos el primer día de vacaciones, bucaneros al abordaje, y se han olvidado ya de las siluetas de los monstruos marinos de debajo del barco. A la luz del día, y con la tierra a la vista, se avergüenzan de sus terrores nocturnos.

Los marineros cuchichean que al capitán le inquieta el viaje de vuelta. Ha sido un milagro que no chocaran con alguno de los muchos icebergs que se cruzaron durante la travesía. Se ha acelerado el deshielo del Polo Sur. El Apocalipsis está más cerca de lo que pensaban.

Muchos de los científicos han emprendido el viaje con la finalidad de medir los efectos del cambio climático en cosas en apariencia tan insignificantes como el grosor de la cáscara de los moluscos, que les da pistas sobre la acidificación de los océanos, o el crecimiento del sauce enano que vive en aquellas tierras, unas plantas compactas adaptadas al frío y a la violencia del viento. Temen que la isla se hunda al subir el nivel del mar y que Port-aux-Français, con sus barracones a pie de puerto y donde tienen previsto vivir durante un año, no les proporcione refugio durante tanto tiempo.

2. Gargantilla

Podrían ir hacia cualquier fisura.
No hay brújula ni voces.

Ida Vitale

2.1 El 9 de noviembre llegan a Crozet (46º23'S 51º42'E), un archipiélago subantártico de trescientos cincuenta y dos kilómetros cuadrados compuesto por cinco islas y quince islotes, situado en la parte sur del océano Índico, entre Madagascar y la Antártida. Es tierra de colinas volcánicas coronadas con cráteres, ahora inactivos. A la paranoia que sufren algunos de sus habitantes ocasionales por temor a quedarse aislados en un lugar tan remoto se suma la de estar a la merced de los elementos y, en particular, de los caprichos de un volcán que decida despertar en cualquier momento y hacer de la base una nueva Pompeya.

El archipiélago fue descubierto por Marc-Joseph Marion du Fresne, un oficial naval y explorador francés que se unió a la Compañía Francesa de las Indias Orientales a los once años como subteniente a bordo del Duc de Bourgogne. Trabajó en la Compañía hasta su disolución en 1769, capitaneó operaciones navales por rutas peligrosas y burló a los corsarios ingleses. En 1771, tras una época de penurias económicas, convenció al administrador civil de los bienes de la Compañía en la isla Mauricio para que lo pusiera al frente de un viaje de exploración comercial patrocinado por las autoridades francesas. Zarparon de Port-Louis el 18 de octubre de 1771 con dos buques, el Mascarin, de veintidós cañones, y el Marquis de Castries, de dieciséis.

Marc-Joseph Marion du Fresne tomó posesión de las islas Crozet para Francia en 1772. Su segundo de a bordo dio nombre al archipiélago. Ese mismo año, una tribu maorí acabó con la vida del capitán y de veinticinco miembros de la tripulación. El contraataque fue violento: se contaron centenares de muertos; la bahía se llamó la «Ensenada de los Asesinatos». No se sabe qué originó el ataque inicial. Quizás no respetaran el tabú de no pescar en una laguna sagrada, quizás hubiera algún otro malentendido... O quizás, simplemente, tardaran demasiado en reparar las naves tras encallar en las costas de Nueva Zelanda.

Con la llegada de los occidentales, las islas Crozet fueron frecuentadas por cazadores de focas, cuyas pieles se cotizaban muy caras. Los más diestros podían matar y desollar hasta sesenta por hora, una carnicería. La población de focas quedó diezmada en 1835. Entonces, llegaron los balleneros. A esas islas remotas también se arribaba por accidente. Los barcos perseguían a los leviatanes para darles caza, y estos se vengaban dirigiéndolos hacia los arrecifes. Los naufragios eran tan frecuentes que la armada británica enviaba cada dos o tres años un navío para recuperar a los supervivientes, aunque la dureza de las condiciones meteorológicas hacía que fuera prácticamente imposible habitar estas tierras. Entre los vientos huracanados, la escasa vegetación y la ausencia de construcciones donde resguardarse, no eran islas muy acogedoras. Muchas veces, los náufragos supervivientes perecían antes de que llegase el anhelado rescate. Por eso, en 1820, introdujeron cerdos en una de las islas del archipiélago, para que los posibles náufragos tuviesen alimento. Los cerdos que dieron nombre a Île aux Cochons ya no la habitan. Los animales no parecen guardar recuerdos de ese pasado cruel. Las focas colonizan de nuevo las playas, sin temor a ser exterminadas y despellejadas.

Tras los cazadores de focas, los balleneros y los náufragos, en el siglo XX llegaron otro tipo de visitantes: los investigadores. Esas islas contienen un patrimonio biológico excepcional: una fauna virgen de todo contacto con otros animales terrestres hasta su descubrimiento en el siglo XVIII. En 1961 se estableció una base científica a ciento cuarenta y tres metros sobre el nivel del mar en la costa norte de la isla más grande: Posesión. Desde 1974 da el parte meteorológico cada tres horas y recopila material de muchísima importancia para el análisis de los más que preocupantes cambios de temperatura del planeta. Además, cuenta con un sismógrafo y con instalaciones para quienes estudian la fauna y la flora del archipiélago.

La base Albert Faure es la primera parada de suministro y apoyo logístico de la rotación de diez mil kilómetros que efectúa el Marion Dufresne II cuatro veces al año por las Tierras Australes y Antárticas Francesas (TAAF). Zarpa de Reunión cargado con todo lo necesario para la vida en esas tierras aisladas: el gasoil para la calefacción, víveres para el personal, furgonetas o barcos para el transporte por las islas y, por supuesto, material científico. Los viajes se numeran: se habla de operaciones OP1, OP2, OP3 y OP4. La rotación entera tarda un mes porque recorre 8.640 kilómetros con escalas.

Las islas cuentan con su propia jerga y sus propias costumbres, un legado cultural que se transmite de año en año, con las modificaciones propias de las tradiciones orales; y con las omisiones correspondientes. Es un lugar que se reinventa cada doce meses. Los edificios sobreviven en estado de precariedad, teñidos por el óxido con heridas anaranjadas. Se restauran constantemente, pero con parches que no resisten demasiado. Cuando el viento convierte la lluvia en un fenómeno horizontal, atraviesa las paredes. Nunca se está del todo seco, ni a salvo de la naturaleza.

Crozet y Kerguelen están situadas entre los cuarenta furiosos y los cincuenta bramadores, latitudes que sufren unas corrientes terroríficas. El estado de algunos de los refugios es realmente lamentable, depende de cuán viejos sean, y de la frecuencia con la que se acondicionan. Los militares son los encargados de la manutención, pero la dejadez es extrema. Algunos refugios son nuevecitos, casi confortables, y otros son horribles: antiguas casas deshabitadas demasiado grandes y húmedas para calentarlas. En el de Molloy, por ejemplo, la cocina se llena de agua en invierno. En el de la isla Cimetière, donde enterraban a los marinos y a los balleneros, los agujeros entre los listones de madera dejan pasar el aire y en verano, al caer el sol, la temperatura puede bajar casi hasta los cero grados. En las crudas noches invernales de agosto, no ofrecería apenas abrigo si alguien lo necesitara.

En Crozet debía desembarcar parte de los pasajeros del barco. También debían embarcar los investigadores que retornaban a casa, una vez que hubieran instruido a sus relevos. Se distingue entre los quince invernantes, quienes pasan todo el año aislados, y los treinta veraneantes, quienes se quedan solo durante la temporada más calurosa, que empieza justo en ese momento. En Kerguelen la base es más grande, y con esta hornada llegan casi cincuenta invernantes.

Los pingüinos les dan la bienvenida a Crozet. Deseosos de conocer a sus visitantes, se aproximan nadando al barco. Los pasajeros están eufóricos por haber llegado, por poder ver de cerca y en su hábitat a animales que la mayoría de la población mundial únicamente puede ver en un zoo. No se acaban de creer el haber llegado por fin a las islas Crozet, aunque los pingüinos son la prueba tangible y todo empieza a ser real. Se han acabado las pesadillas. La desaparición de un militar beodo no ha ensombrecido lo más mínimo el entusiasmo de los viajeros.

2.2 Las operaciones de descarga con el helicóptero tenían que haber empezado por la mañana, pero soplaba un viento de cuarenta nudos y prefirieron esperar a que amainase un poco. Hay que armarse de paciencia en estas tierras con vientos de más de cien kilómetros por hora durante más de cien días al año. No se acosta, se aterriza. Los fondos marinos de esa zona, una de las más hostiles del mundo para la navegación, no están enteramente cartografiados, pues se trata de una ruta poco transitada. No existen planos marinos digitalizados de Kerguelen, o ninguno es fiable. Las cartas náuticas que utilizan los barcos que visitan las islas tienen innumerables anotaciones a mano, que intentan suplir esas lagunas, aunque no siempre lo consiguen. Las olas encubren escollos bajo un manto de espuma.

El Marion Dufresne II fue construido en los astilleros de Le Havre en 1995 *ad hoc* para esas aguas australes y antárticas, y aun así ya ha sufrido algún incidente en las operaciones de descarga, en años anteriores, por culpa del fuerte viento impredecible y las costas escarpadas, salpicadas de rocas traicioneras. Además, la tripulación depende de sus propios recursos en caso de naufragio o de erupción volcánica, pues ningún medio de salvamento puede llegar a la zona en menos de cinco días.

Como las islas carecen de puertos naturales, el buque fondea a una distancia prudencial para no sumarse a la larga historia de navíos hundidos en estas aguas. Un año, el Marion chocó con unas rocas en Crozet. Tuvieron que alojarse todos en la base Albert Faure, pensada para treinta personas como mucho. Los buzos no querían sumergirse para comprobar el alcance de los daños por miedo a las orcas, muy numerosas en la zona. El barco se volvió antes de tiempo a Sudáfrica y los científicos que iban para la campaña de verano no pudieron cumplir la misión.

Los científicos no pueden contener la impaciencia, se mueren por visitar las islas, consideradas un paraíso natural. Desean pisar tierra firme lo antes posible, después de tantos días dando tumbos a bordo. Solo es prioritario el desembarco de quienes tienen alguna misión específica allí: el médico, los turistas —que han pagado cara su excursión— y algunos científicos que van a hacer prospecciones, sobre todo unos belgas que bajan en busca de nuevos helechos que identificar. Martine se cuenta entre los que tienen prioridad. Olivia la ve marchar sin sentir pena alguna.

Sube a cubierta con los demás. Gritan de excitación al ver una aleta dorsal de metro y medio. Seguramente se trate de una orca macho, cuyas aletas son más grandes y menos curvas que las de las hembras. Las orcas aguantan mucho tiempo sumergidas, pueden emerger en cualquier sitio y en cualquier momento. Escrutan el agua esperando que aparezca de nuevo, sin volver a verla, por suerte para los quince pingüinos que se han acercado a indagar y rodean el buque nadando.

Por fin le llega el turno a Olivia. Se sienta junto a la ventana, al lado de Quentin, un botánico que tartamudeó al presentarse cuando se conocieron en el curso de formación en el Instituto Polar en Brest, cuyas largas piernas estorban a los demás pasajeros. Es la primera vez que vuelan en helicóptero, y se cogen de la mano al despegar, impresionados por el rugido del motor y de las tres palas en movimiento.

Crozet no se parece a nada que hayan visto antes: acantilados de basalto, millares de pingüinos en la gran playa de arena negra y unos cuantos albatros suspendidos en el cielo. Hacia el interior, los paisajes son rocosos, austeros, de vegetación rasa, plantas herbáceas y ningún árbol. A lo lejos, los cráteres de los volcanes durmientes. Olivia se asoma con la intención de ver mejor a los animales y siente vértigo.

El viento sopla con fuerza. Las turbulencias hacen tambalear al aparato. La tasa de mortalidad de los viajes en helicóptero es bastante elevada.

Olivia recuerda la aleta que ronda las inmediaciones del barco. Si caen al agua, la orca asesina se los zampará de un bocado. Sin darse cuenta, ha contenido la respiración y estruja aún más la mano de Quentin, que la mira de reojo, intrigado. El trayecto es muy corto, dura apenas un par de minutos, pero lo viven como a cámara lenta.

Desde el helicóptero se aprecia muy bien cómo los pingüinos se mantienen todos a idéntica distancia entre ellos, ordenaditos. El espacio vital está perfectamente medido. Si uno se acerca demasiado a los otros, estos le atacan y se ve obligado a alejarse más de la cuenta, lo que algún depredador podría aprovechar. Los polluelos están mudando. Poseen un pelaje extraño, parecido a la cáscara peluda que recubre las castañas. Algunos todavía están a medio mudar, despeluchados, son verdaderos patitos feos frente a la depurada elegancia de sus mayores. Aún no tienen el plumaje adulto, sus padres les darán de comer hasta que alcancen su misma estatura y luego se marcharán. El pingüino joven ayuna hasta que acaba la muda y entonces se va al mar, donde pasará varios años antes de regresar a la playa de origen para reproducirse. Como maniobra de seducción, ejecutan un baile sofisticado, una especie de tango, y su canto suena como una trompeta.

Los turistas y los biólogos, conmovidos por igual, se pasean por la colonia de pingüinos. Es un espectáculo impresionante y, a juzgar por la rapidez a la que corren los icebergs por el océano Índico, un ecosistema frágil, al borde de la desaparición.

Los chillidos de Martine ponen fin al momento de comunión con la naturaleza del que disfrutaban Quentin y Olivia, que ya se había olvidado de ella. La observa con aprensión acercarse a la carrera, sorteando a los pingüinos, que la miran asombrados. No están acostumbrados a las prisas.

2.3 Al principio se cayeron bien, luego Martine fue arrojando en los oídos de Olivia montañas de palabras que hoy la aplastan, como una regadera sin fondo que vertiera agua en la maceta hasta ahogar las plantas, hasta pudrir las raíces. El diagnóstico está claro: Martine sufre incontinencia verbal, agravada por un agudo egocentrismo. Es hija única. No le hubiesen venido mal unos hermanos que la vapulearan un poco, pero sus padres la tuvieron ya mayores, y no pudieron ni quisieron tener más descendencia. La criaron unos ancianos que no tenían las fuerzas necesarias para enfrentarse a la férrea voluntad de su hija y acabaron por convertirla en una princesita tiránica.

En un primer momento, Olivia la animó; no puede negarlo, le encanta la gente abiertamente excéntrica que proclama sus rarezas a los cuatro vientos. Ella es más de disimular, por si acaso. No vaya a ser que la pillen. Sobre todo ahora, que puede acabar entre rejas. Ha hecho test por internet con el fin de determinar su grado de psicopatía. Los resultados han sido los que esperaba. No los ha contrastado nunca con un profesional.

De ahí, quizás, esa curiosidad inicial por los locos charlatanes, aunque luego acabe con una sensación de hormigueo en los conductos auditivos. Hay a quien le apasiona escucharse. Pero la intimidad, en su caso, necesita del silencio. No son de su agrado las aglomeraciones. Sí los animales, pues comparte con ellos la necesidad de independencia.

Daría un brazo por un mando a distancia con el que poder bajar el volumen del mundo.

Para ser elegida en el programa, sin embargo, tuvo que pasar por el aro y hablar durante horas con un psicólogo. Fueron suficientes la apariencia de niña mona, unas respuestas estrictamente triviales y un cierto flirteo. Siempre se ha salido con la suya. No va a dejar de hacerlo. El truco está en callar, y en sonreír hasta que te duelan los carrillos. Ha viajado hasta el fin del mundo para encontrar un poco de paz mental. Quiere escuchar el silencio de una tierra virgen, pero se manchará de nuevo las manos de sangre si se ve obligada a acallar a esa desgraciada.

Por suerte, Martine ha encontrado otra víctima. Al verlos de la mano —atolondrados todavía por el sonido de las aspas, no se han dado cuenta de que seguían agarrados—, se enfurece, y se lanza a por su presa toda sonrisitas y contoneos. A Olivia le producen arcadas los gorgoritos obscenos que emite Martine en el cortejo. Se aleja del cacareo escandalizada.

Su némesis es todo lo que ella no es: curvas en lugar de aristas y piel tostada que no se sonroja fácilmente. Olivia es tan lechosa que se quema en verano en lugares donde jamás se te ocurriría ponerte crema: en las corvas, en los empeines o en la raya del pelo. Se derrite bajo el sol como un helado de nata y fresa, según le dijo con ojos golosos un chico demasiado mayor para ella.

Con esas pintas de empollón aniñado, Quentin no suele despertar pasiones a primera vista. La fogosidad con la que Martine intenta seducirlo lo deja pasmado. No va a oponer resistencia alguna. Impostará un poco de contención por si acaso. Sigue algo aturdido todavía. Sufre del mal de tierra, ese que te viene después de pasar mucho tiempo en un barco a cuyo balanceo te acostumbras.

Olivia quiere acercarse a los pingüinos. Es la primera vez que los ve en libertad. Quiere disfrutar del momento a solas. No le hubiera importado seguir de la mano del pelirrojito desgarbado con cara de no haber roto un plato en su vida, pero Martine se ha vuelto a interponer. Ha tenido que huir antes de obedecer a sus impulsos y de estrangularla con sus propias manos delante de los demás. Sube a una loma cercana. Quiere ver el paisaje desde las alturas e imaginar el desamparo que sintieron los marineros de los numerosos barcos que naufragaron en estas costas. Su historia predilecta es la del Tamaris, un navío francés que encalló en 1821. Los náufragos escribieron una carta pidiendo auxilio y la anudaron a la pata de un petrel. Son muchos los gritos de socorro encapsulados en una botella que se han perdido en el mar, pero ese llegó a Fremantle siete meses después. No sirvió de mucho. Cuando atracó la expedición que pretendía rescatar a los remitentes no encontró rastro de la tripulación. Habían muerto de inanición, mirando día tras día el mismo horizonte que ella contempla ahora; los náufragos murieron a la espera de un salvamento que no iba a llegar a tiempo.

Cuando alcanza el borde del acantilado, oye un ruido a sus espaldas; se gira con el temor de encontrarse con algún depredador salvaje, y se encuentra con que Martine la ha seguido en la ascensión a la loma.

El cielo se ha encapotado, la llovizna no tardará en llegar. Martine, jadeante por culpa del esfuerzo, está callada, y eso supone una novedad. Permanece a su lado; admira el paisaje mientras recupera el aliento. Su voluntad es un líquido pegajoso que te aprisiona y te inmoviliza. Como una araña, ha tejido una finísima tela con la que atrapar a su presa.

De repente, Martine llega hasta ella, la ase por la cintura y la besa con prisa, con una lengua larga que casi la atraganta. Olivia, estupefacta, comprende entonces que se ha equivocado con su amiga. Es, siempre, una intrépida exploradora que ejerce su dominio a través del cuerpo y de la voz. Tiene un erotismo epistemológico, las evasivas la intrigan y no puede soportar que nadie escape a su escrutinio.

Olivia ya ha comprobado en varias ocasiones el poder de la negación. Cuanto más se escamotea, más la persiguen. Cuanto más se escabulle más la desean, con lo que no puede evitar convertirse en objeto de deseo. El otro reclama siempre tocar ese cuerpo que se resiste a ser, devolverle la corporeidad agarrándolo, lamiéndolo, clavando dedos, uñas y dientes en él. No quedan satisfechos hasta dejar su marca en el blanco lienzo de su piel, esa piel translúcida que parece un paisaje nevado recorrido por ríos de venas azules. Se funde con los níveos icebergs surcados por vetas turquesas. En sus fantasías, un féretro helado flota a la deriva hasta disolverse en el agua del mar.

2.4 Martine conquista el terreno con una delicadeza exquisita, centímetro a centímetro, como si temiera asustarla como se asusta a un pajarillo. Sus movimientos son suaves y certeros. Su lengua se abre paso a lametones, pequeños y contenidos, como de cachorro juguetón y necesitado de cariño. Con la carne de gallina, Olivia saborea su silencio, extasiada.

La alcachofa de la ducha fue su única amante durante años. En el colegio, las alumnas jugaban a las «cosquillitas». Se frotaban con el pico de la mesa, o con el potro del gimnasio. En la semana blanca, apretaban entre los muslos las perchas de los telesquís, que vibraban con gran exquisitez.

Hubiera pensado que Martine era más escandalosa en la cama, y desde luego menos avezada, pero emite gemiditos discretos, ahogados en el lecho de musgo. Los pezones infantiles de Martine resultan discordantes en unos pechos tan grandes. Unos pezones de niña en un busto de mujer voluptuosa. Olivia los pellizca con uñas pintadas de rojo. Ha llegado la hora del escarmiento.

Acaricia primero el cuello de cisne de su némesis, y al poco comienza a apretar. Las manos pálidas dibujan una gargantilla de nácar que centellea en la piel azabache de la víctima. Martine se excita al principio; ha leído algo sobre la asfixia erótica, aunque nunca se ha atrevido a jugar con la muerte. Vislumbra, demasiado tarde, lo tenebroso del corazón, aparentemente tan blanco, de quien había considerado su amiga. Gritar no serviría de nada, el viento omnipresente y el rugido de las olas al chocar con las rocas ahogan las voces. Patalea y consigue arrancarle algunos mechones de pelo a su contrincante, pero pronto la mirada se le torna vidriosa.

Olivia acuna un cuerpo inerte. Querría convertirse en una serpiente para poder deglutirlo; o en una planta carnívora y apresarlo entre sus fauces verdes. Resiste la tentación de la necrofilia. Anhela quedarse tumbada abrazada a ese aroma; desearía dormirse en posición fetal y descansar junto a su amante de hielo, no despertarse nunca más. Desaparecer entre las olas, sentada a horcajadas en uno de los icebergs que cruzan el mar por delante de los acantilados.

Se recoloca la ropa, le quita los guantes y las galletas del abrigo a Martine. Ya no se las comerá, y nunca viene mal un repuesto. Empuja el cadáver por el precipicio, en donde espera que las aves carroñeras agradezcan la ofrenda y se encarguen de suprimir las pruebas. Sin cadáver no hay crimen. Sin crimen no hay castigo.

Ya no escuchará más aquella voz, aquellas palabras que le entraban por los oídos hasta provocar dolor, que se le colaban por las fosas nasales como un líquido viscoso que impide la respiración. Muerto el perro, se acabó la rabia.

Ni siquiera ha hecho ruido, o no lo ha oído; quizás el rumor del oleaje sea demasiado fuerte, o su cuerpo sin vida demasiado blando. O quizás todavía respirase mientras caía al vacío y los dioses se hayan apiadado de tan trágico destino, la hayan salvado apenas un minuto antes de que su cabeza estallase como una granada madura al chocar con las afiladas rocas de basalto. Quizás la hayan transformado en la espuma que tiñe de blanco la cresta de las olas de ese mar gris como el mercurio, tan distinto y alejado de las aguas esmeraldas en donde nadaban las nereidas.

Tiene que aprender a decir que no y a dejar de evitar las confrontaciones verbales. No puede seguir permitiendo que la manipulen, como si en lugar de carne estuviera hecha de arcilla maleable. Siente que los contornos de su cuerpo se diluyen con la lluvia tenue que ha empezado a caer. Se da prisa por bajar a la playa con los demás, antes de que la pendiente se vuelva excesivamente resbaladiza y su cuerpo de arcilla se funda con el barro. No le pesan los muertos, al contrario, cada vez se siente más liviana. Le parece ir flotando cuesta abajo, desdibujada. Se desvanece en la neblina tenue que ha sido su cómplice, que ha encubierto sus actos y la ha protegido. No es una casualidad. Llueve trescientos días al año, y la humedad ambiental en las islas hace que la niebla sea constante. La indeterminación del no saber qué te espera cuatro pasos más allá convierte en emocionante un paisaje lunar: puedes tropezar con una roca, o caer en una sima de la que nunca lograrían rescatarte.

La niebla se corresponde con un estado de ánimo, con un momento en que cualquier cosa puede ocurrir. La niebla es afín a lo fantástico; oportuna para cuentos de terror, de piratas, bandidos y pistoleros… Es la verdadera protagonista de la historia de esas islas misteriosas: las rocas, veladas por la bruma, rasgaban a traición los costados de unos navíos que no volverían a surcar los mares. Cuando viajas en avión y atraviesas una nube admiras su esponjosidad, pero no la hueles ni la tocas. En los archipiélagos de Crozet y de Kerguelen vives en una nube, conoces su sabor y su textura. Es húmeda y compacta. No te ves los pies, ni las manos. Es un tiempo propicio al asesinato. Puede uno acercarse a su víctima y atacarla sin que vea a un palmo de sus narices.

No sabe bien de qué se ha vengado exactamente, ni a quién ha castigado. Es una catarsis que la ha liberado de todos aquellos a los que hubiera querido hacer daño alguna vez. La lista es larga —quizás demasiado— para sus veintiocho años que pronto serán veintinueve. El primero de la lista es su último jefe, un parásito siniestro con cara de batracio venenoso que exigía firmar como coautor todas las publicaciones de Olivia, sin siquiera leérselas.

Es la conjura de los necios para mantener a raya a los que amenazan su reinado. El triunfo de la mediocridad pasa por la cadena del grito, que es estrictamente jerárquica. Cuanto más alto estás en la pirámide alimenticia, más potencia tiene tu grito, más cuellos puedes cortar a tu antojo. Hay quien disfruta enormemente torturando a sus empleados, y quien nace con un don para sembrar el terror, como otros nacen para el canto o los números. No se grita a los que de verdad te han cabreado, sino al que pilla más a mano, al que puedes gruñir sin peligro. Se pagan las frustraciones con un maltrato sutil que va minando la vida del subordinado, quitándole primero el amor por su trabajo —si es que lo tenía—, luego las ganas de existir y por último la salud.

Cuando Olivia fue seleccionada para ir a Kerguelen sintió que se abría la puerta de la jaula. Se imaginó las mil y una maneras de matarlo con sofisticados suplicios. Al final no se decantó por ninguna. La hubiesen metido en chirona y se hubiese quedado sin viajar a las TAAF. Hubiera querido decirle a la cara a ese mequetrefe lo que pensaba de él, pero al fin y al cabo iba a necesitar referencias, así que se esforzó en encubrir el alivio por perderle de vista con una sonrisa falsa mientras le decía que había aprendido muchísimo trabajando a sus órdenes.

Olivia ha caminado de puntillas toda su vida, evitando los tirones de pelo o los zapatillazos en la primera línea del frente: el pasillo de su casa. De camino al cuarto de baño podía pasar de todo. Había que ser rápido, y sigiloso, como uno de los gatos salvajes que deambulan por las Islas de la Desolación. Cualquier respuesta era incorrecta, el silencio tampoco ayudaba. Después de hacer pis con la luz apagada, volvía corriendo a las trincheras, a su gineceo, el cuartito arañado a los metros edificables del inmueble: una minúscula terraza acristalada que le permitía no tener que compartir habitación con sus hermanos. Su madre seguía tendiendo la ropa allí, no tenía otro sitio donde hacerlo. No le importaba, ya que así sus hermanos no podían entrar, les cortaba el paso la ropa mojada. Sus sábanas siempre olían a humedad, no se secaban jamás, y el viento se colaba por las junturas de los cristales.

Se desató la tormenta el día que su vecina Mariluz los denunció por no haber pedido licencia de obras. Desde entonces, ese nombre ha sido sinónimo en su dialecto familiar de la maldad gratuita. Es el insulto supremo. «No me seas Mariluz», advierten cuando alguien se pasa de la raya. Es lo peor que te pueden llamar, el ultimátum antes de la bofetada.

No ganaba nada con la denuncia, acaso fastidiarles, aunque pagó por ello. Los hermanos de Olivia mostraron una gran creatividad a la hora de acosar a su vecina. Todo el tesón que Olivia ponía en los estudios lo dedicaron ellos al vandalismo.

Siempre que se la cruzaba, imaginaba su muerte. Nunca ha odiado tanto a nadie. Sobre la cabeza de Olivia pendía como una espada de Damocles la amenaza de tener que convivir con sus hermanos en el mismo cuarto. Tenía pesadillas cada vez que recibían una carta del Ayuntamiento instando a demoler la habitación ilegal. Hubiese empujado con fuerza y de buena gana por las escaleras del portal a esa desgraciada, y rematado luego la faena con sus manos de niña, sin ningún tipo de escrúpulo. No se atrevió, por si culpaban a alguno de sus hermanos, porque de ella jamás sospecharían. Y aunque a ellos también los odiaba, era un odio más familiar, de andar por casa, no suficiente como para mandar a alguno a la cárcel en su lugar.

2.5 Tal vez Olivia no sea una psicópata, sino tan solo una misántropa. La furia homicida, poco antes saciada, se despierta de nuevo.

El helicóptero ha hecho mientras tanto varios viajes y ya hay mucha gente en la playa haciéndose fotos con los pingüinos, a pesar de la lluvia. Tienen una conexión tan mala que no podrán subirlas a sus redes sociales por ahora, aunque sí mandarlas por correo electrónico para presumir.

Olivia se alegra de las estrictas limitaciones que imponía la regulación de las TAAF; si no fuera por ellas y no se hubiese establecido una reserva natural en 1938, estos parajes hubieran sido contaminados por el turismo, la plaga del siglo XXI. No serían una decena de investigadores los que molestasen a la colonia de pingüinos, sino centenares o miles de nuevos ricos —cámara en mano—, que dejarían a su paso hileras de basura con las que se asfixiarían los animales.

Enfrascada en sus pensamientos, casi tropieza con Emma. Parece una estatua en esa quietud absoluta, inmóvil entre unos cuantos pingüinos. Muchos biólogos comparten esa sutileza como de felino al acecho. Envidia esa capacidad de esperar sin mover un músculo, ella que en las clases de meditación ha sido incapaz de no retorcerse bajo la mirada reprobadora de la maestra. No llegará nunca al nirvana. Si logra poner la mente en blanco se duerme en las esterillas sobre las que está tumbada, y al sentarse y pretender alcanzar la quietud se acuerda de la lista de la compra o empieza a morir de ganas de rascarse la mejilla izquierda. Cuando logra abstraerse, se mete unos colocones tremendos y se evade de sí misma, tanto que luego permanece durante días con la disociación. No es nada agradable, por eso se cambió a zumba. Le cuesta tanto seguir el ritmo y los pasos que no le da tiempo a introspección alguna, y le va mucho mejor desde entonces. Quizás ahora logre algún sosiego. Cada asesinato hace que descienda el nivel de irritación contra el mundo y la acerca más a la paz interior.

Emma, con ese aire de despiste permanente, levitaría y llegaría al nirvana —sin duda alguna— en cuanto se pusiese a meditar. Como ella y muchos otros de su promoción, ha preferido emigrar antes que poner copas en los bares de Madrid a unos pocos euros la hora, pero no se echa flores por ello ni gimotea constantemente por la morriña, al contrario que la mayoría de sus compatriotas en el exilio.

A los *dementores*, Olivia les tiene reservado un círculo exclusivo del infierno para ponerlos allí en cuarentena, y no correr el riesgo de que te peguen su eterna cara de asco... Odia, por encima de todas las cosas, oír su cansino lamento. Le encantaría silenciarlos, como al móvil, o liberarlos de la vida de la que tan amargamente se quejan.

Emma no está en esa lista negra de entes avinagrados sin los cuales el universo sería un lugar menos deprimente. Es, por muy cursi que suene, una persona luminosa, de las que te hacen creer en las bondades de la humanidad durante el tiempo que pasas con ellas. Si hubiese más gente así en el mundo, lo habríamos cuidado más y mejor y no estaríamos al borde del desastre ecológico, reflexiona Olivia mientras los icebergs transitan con parsimonia por esa línea en donde se junta el mar con el cielo. Algunos naufragan en las playas, blanca leche congelada que al fundirse se derrama, gota a gota, en la arena.

2.6 No sabe que Emma no ha tenido que vendimiar en el sur de Francia, como la mayoría de los exiliados. Su tatarabuela era Grande de España y poseía una hacienda de tabaco en Santo Domingo, pero un administrador avispado la desplumó. El alzamiento del 18 de julio pilló a su bisabuela de vacaciones. No se habían llevado más que la ropa de verano, y un saquito de joyas con las que pudo comprar comida a sus ocho hijos durante toda la guerra civil.

Cuentan las leyendas familiares que huyeron en los carromatos de un circo ambulante. Cuentan también que el bisabuelo perdió la cabeza, y con ella las claves del banco suizo en el que guardaba los vestigios de su fortuna.

Del esplendor pasado no mantuvieron más que unos prismáticos de carey para la ópera, una campanilla de plata labrada con la que llamar al servicio y unos abrigos de pieles que malvendieron. De todas formas, Emma nunca se los hubiera puesto.

Su madre, Margarita, está convencida de pertenecer a una aristocracia decadente, a pesar de no tener ya derecho alguno sobre un título que se pierde en la noche de los tiempos. Ahora, en la madurez, mira por encima del hombro a quienes no han sabido medrar, después de una juventud alocada en la que se las daba de roja.

Eulogio, el tercer marido de Margarita, es rico. Un advenedizo, eso sí, de poca categoría, al que habría que limar alguna aspereza. Pero es dadivoso. Lo bueno es que no tiene prole, y ha donado en vida sus bienes a Margarita, veinte años más joven que él. La gerontofilia, por fin, ha dado sus frutos, tras dos intentos fallidos. Emma y Carmen, su hermana melliza, que no gemela, heredarán un considerable patrimonio de origen incierto. Beben ese caudal turbio sin rechistar ni pestañear, sin preguntar demasiado por el olor a sangre ni el sabor a metal.

Margarita y el tercer postizo se embarcaron también en el Marion Dufresne II como turistas de pago. Gracias a una generosa donación a los siempre necesitados fondos científicos y a los contactos adecuados, se saltaron la lista de espera.

Emma les ha prohibido que revelen el parentesco que los une. Apenas les ha dirigido la palabra en todo el viaje. No quiere que la fama de su riqueza la preceda. Quiere, por una vez, brillar con luz propia. Pretende evitar que la vean como a una mimadita a la que arropan por las noches cuando está a punto de llegar a los treinta.

De su padre biológico no tiene noticias. Es un actor famoso que hace de padre modelo en programas de televisión de máxima audiencia. A veces le dan ganas de ir al plató como invitada sorpresa y airear los trapos sucios de la familia en directo. A su madre le daría un infarto del disgusto, y del escándalo, así que se aguanta.

Carmen ha heredado la belleza felina de su padre: iris de un verde jaspeado de amarillo, ese encanto especial. Emma es la lista, su hermana es la guapa.

Emma quisiera habitar otros cuerpos, trasplantar su cerebro a un envoltorio más amable, ser admirada en lugar de admirar. No huir de los espejos, ni de las básculas, sino de sus muchos pretendientes. Emma querría ser Carmen, pero conservando su propia alma.

Tuvo una adolescencia difícil, en la que comía con mucha ansiedad y por eso no le cerraban los pantalones. Ha recortado todas las fotos de esa época. En las que ambas hermanas aparecían juntas, ahora Carmen abraza muy sonriente la silueta de un fantasma.

Espera superar en Kerguelen la bulimia nerviosa a base de aire puro, de no mirarse al espejo, de no leer ni una revista femenina. Su vida será mejor sin saber que «Los *watchers* están defraudados con su ídolo, la reina Letizia, por culpa de uno de los peores *mix and match* de la historia». Tampoco buscará las últimas tendencias de anoréxicas en internet, como cuando se puso de moda aquello de las piernas que podían ser confundidas con perritos calientes, o lo del puente que debía hacer el bikini sobre el vientre cóncavo, y no convexo como el suyo.

Siempre hay que fijarse en los zapatos de una persona; según esas revistas, revelan tu personalidad oculta. Este año se pondrá botas de montaña, que intercambiará con unos zuecos de caucho a la entrada de los barracones, para no enfangarlo todo. Nada de tacones. Ya ha sufrido un par de esguinces. Odia las películas de acción en las que la protagonista corre con unos tacones altísimos como si nada por prados y aceras, y salta de coches y de helicópteros en marcha y sin despeinarse.

2.7 A Carmen también le hubiera gustado embarcarse rumbo a Kerguelen, pero no es un viaje seguro para las embarazadas, y menos mal, porque le hubiera quitado, como siempre, todo el protagonismo. Va por el tercero, y el primero no ha cumplido todavía los cuatro años. Quizás sea intencionado y haya encontrado en la maternidad un refugio a su hermosura, una alternativa a su destino de cara bonita que solamente sirve como adorno. Las malas lenguas aseguran que el marido quiso procrear pronto y en abundancia para ahuyentar así a los enamorados que planeaban sobre el palacio de su reina de la belleza como aves rapaces hambrientas, dispuestas a todo salvo a cambiar pañales de retoños ajenos.

Carmen quería aire puro para los niños. Vive en la sierra norte de Madrid, en una casa con jardín y con un huerto que riega la muchacha. Ha tenido nueve internas en los últimos tres años; Emma sospecha que es porque sus sobrinos les cogen mucho cariño, y Carmen se pone celosa. Se inventa excusas: una le robaba comida, otra las joyas; una no era afectuosa, otra trasnochaba; una iba demasiado a misa, otra daba mala espina…

No le ha hecho falta leer a Jane Austen para comprender la necesidad de casarse bien. Sus hijos llevan un apellido compuesto, conocido y reconocible. Encaramada en una torre de marfil, no va a madurar jamás. Será una vieja aniñada, de esas personas que se pasean por la existencia sin soportar desventuras. Nunca fue una intelectual, aunque al menos daba el pego, y te contaba la última exposición que había visitado, el último libro que había leído o el último chico con quien se había enrollado. Ahora se ha embrutecido sin remedio. Solo habla de partos, de embarazos y de matronas; de cuellos de útero demasiado largos o demasiado cortos; de líquido amniótico y de vueltas de cordón. Pretendió parir sin epidural, en una bañera rodeada de velas y con una banda sonora de «murmullos de la naturaleza». A la media hora se hartó del canto de las ballenas, del croar de las ranas, del agua que empezaba a enfriarse y, sobre todo, del dolor, y acabó rogando que le pusiesen anestesia de una vez.

Emma suele chinchar a su hermana, y para ello aduce que el mejor anticonceptivo es ir de visita a su casa, ver a sus hijos dibujar garabatos en la pared del salón con el pintalabios que te han robado del bolso y tirarse cosas punzantes a la cabeza hasta acabar en urgencias. Eso dice, pero lo dice con la boca pequeña. En realidad, le ha hecho prometer a Carmen que, si les pasa algo a ella y a su marido, le dejará a los niños. Lo tiene incluso por escrito y a veces fantasea con la vida que llevaría con sus sobrinos si ocurriese lo peor.

Antes de despedirse les lee un cuento en la cama, les da un beso en la frente y respira su olor. Entonces se siente como nunca, se cierra el abismo del vacío existencial al que cae un par de veces al día y le cuesta horrores alejarse de ellos. Cuando se lo piden, zalameros, se queda a dormir: los tres agazapados y enlazados, una manita en cada una de sus manazas. Una noche así es un cepo que la naturaleza pone en el frondoso bosque de sus emociones con el objetivo de que ceda al ansia de ser fecundada lo antes posible; un cepo que la posee cada vez que huele la cabecita de un bebé. La pulsión es pasajera y se le olvida, hasta que se cruza con otra. Es como una droga, no puede evitarlo. Será algo químico, como los procesos que llevan al enamoramiento y que aseguran la supervivencia de la especie.

Los va a echar muchísimo de menos este año, más que a su hermana y que a su madre, a quienes no le va a venir mal perder un poco de vista. Disponen de demasiado tiempo libre, que dedican a enderezarla. Va a ser una gloria pasar doce meses sin sufrir la tutela de sus supuestos ángeles guardianes. Se ha ido lejos, y sin embargo Margarita y Eulogio han conseguido acompañarla un trecho. Menos mal que se vuelven tras desembarcar en Kerguelen.

Teme compartir la asombrosa fertilidad de Carmen, pues eso frustraría todos sus planes. Insta siempre a los hombres a ponerse el preservativo. Si remolonean, esgrime que no cree en el aborto y refiere lo mucho que quiere a sus sobrinos. Incluso enseña alguna foto. No falla. Se ha traído unos cuantos condones en la maleta, aunque por ahora no ha caído la breva. La noche de la tormenta, en lugar de refugiarse en brazos de algún marinero fornido, se coló en el camarote de Margarita para que la reconfortase, como un polluelo asustado.

No quiere renunciar a la vida que ha elegido y que la ha llevado a conocer a los pingüinos de Crozet. Quiere viajar, como mínimo, cinco años más, descubrir otros animales en otras latitudes, aceptar una estancia de investigación en Spitsbergen —una isla perdida de Groenlandia— que le ofrecieron a través de su padrastro. Es un poco trampa, pero no del todo, la investigación la funda Eulogio con el fin de desgravarse impuestos, y qué menos que aprovechar ella una beca que, básicamente, lleva su nombre, o que se paga con un dinero que lo llevará. Quiere acabar la tesis de una vez, o quizás tomarse un año sabático para poner en marcha ese proyecto de huertos ecológicos que tenía pendiente… Y todo eso es incompatible con la maternidad.

Intenta limitar los irracionales deseos de raptar niños en los supermercados, de empujar a las madres en los parques, de salir a la carrera con los carritos de los bebés; y los limita oliendo los cuellos de sus sobrinos cuando los abraza. Además, no está preparada todavía. Los sims se le morían siempre; si no, llegaba una trabajadora social virtual y le arrebataba la custodia de esos hijos virtuales.

Por otra parte, ¿para qué traer más seres humanos a un mundo ya abarrotado que pronto será inhabitable? ¿Qué porvenir les esperaría en una tierra quemada?

Ese verano ardieron selvas y bosques en todos los continentes, y Emma lloraba de miedo y de rabia al leer el periódico. Miedo a las llamas y a quienes atizan el fuego. Rabia por la indiferencia y la mala fe de los políticos que actúan como si tuvieran, disimulado en la manga, un planeta de repuesto que poder sacar como por arte de magia —como un conejo de una chistera— cuando se apaguen las brasas, y no antes de que el último árbol se haya convertido ya en ceniza. Parece que esos dirigentes fueran en realidad alienígenas encubiertos, transformados en monigotes de carne y hueso con apariencia humana, llegados a la Tierra para acabar con la especie desde dentro y luego poder incorporar un satélite vacío a su imperio, ya limpio de habitantes, y de este modo poder colonizarlo mejor. Le parece más fácil aceptar que esos extraterrestres alérgicos al oxígeno y adictos al CO_2 sean las fuerzas del mal celadas detrás de las llamas que asumir la desmesura de la estupidez y la codicia de unos cuantos desgraciados. No encuentra ninguna otra explicación al hecho de quemar la casa donde uno vive, a agotar el aire que uno respira.

2.8 Han acabado, por fin, de descargar los víveres. Los menús van cambiando según la disponibilidad de las vituallas. En las fechas cercanas a la OP hay algún alimento fresco, luego dependen de envasados y congelados hasta la siguiente. Los familiares siempre mandan en cada OP dulces, licores y vinos, delicias que si no se pierden en las aduanas son recibidas con algazara, más por romper la monotonía de los paladares que por glotonería.

Emma es vegetariana, aunque hará una excepción durante este año; la comida de la cantina no contempla esa convicción, y se moriría de hambre si quisiese ser fiel a sus principios.

Les toca despedirse de los investigadores que se quedan en Crozet; es hora de subirse al barco en dirección a Kerguelen.

Lo hacen a desgana, les da claustrofobia echarse a la mar, metiéndose primero en la cabina del helicóptero y después en camarotes estrechos, sujetos a la veleidad del viento y de las olas.

Les cuesta separarse de los pingüinos que les han dado la bienvenida con tanta simpatía. Pero la base Albert Faure no podría acogerlos a todos, aunque quisieran. Su espacio vital sería minúsculo, y la densidad de población excesiva para las instalaciones de que disponen. No tendrían dónde resguardarse.

Quentin busca con la mirada a Martine. No se dará la señal de alarma hasta que se hayan asentado en Kerguelen, cuando descarguen su equipaje y nadie lo reclame. Para entonces se habrán sumado ya tres nombres más a la lista de desaparecidos en combate.

3. Funeral

Al que ingrato me deja, busco amante;
al que amante me sigue, dejo ingrata;
constante adoro a quien mi amor maltrata,
maltrato a quien mi amor busca constante.

Sor Juana Inés de la Cruz

3.1 Creyendo que era necesaria la existencia de un continente en el hemisferio sur que hiciera contrapeso a los grandes continentes del norte de la Tierra, Luis XV ordenó al caballero Yves Joseph de Kerguelen-Trémarec que lo descubriese. Lo puso al frente de un filibote y una gabarra de la flota real francesa, el Fortune y el Gros-Ventre. Zarparon de Isla Mauricio el 16 de enero de 1772 y atisbaron la tierra prometida el 12 de febrero. Incapaz de fondear, el Fortune regresó el 16 de julio a Brest, sin esperar al otro navío, del que se había separado por culpa de una terrible tempestad.

El capitán del Gros-Ventre, Charles Marc du Boisguehenneuc, desembarcó en un enclave hoy llamado Gros-ventre Cove. Reclamó la soberanía de esas tierras en nombre de Luis XV gritando tres veces «¡Viva el rey!» y disparando tres cargas de mosquetería. Izó una bandera que se iba a llevar el viento, verdadero soberano de las islas. Esperaron en vano al primer barco. Al no encontrarse con él, recorrieron —en unas condiciones deplorables— las escalas que habían trazado en su ruta hacia Timor y las costas australianas, para acabar regresando a Francia el 5 de septiembre.

A pesar de no haber puesto nunca un pie en esas tierras, el caballero Yves Joseph de Kerguelen-Trémarec fue recibido en Versalles como el nuevo Cristóbal Colón. En un fantasioso informe, el embaucador contaba que La France Australe, ese nuevo continente, estaba poblado y repleto de frutas, pastos e inmensas riquezas. Ocupaba una quinta parte del globo, todavía inexplorada, e iba a rivalizar con China y con las Indias.

Hizo pasar una de las comarcas más yermas e inhóspitas del mundo por un cuerno de la abundancia sin aportar ninguna prueba. Y en la corte nadie dudó de su palabra.

Quién sabe si necesitaban creer en la existencia de un edén tropical al que arribar. La realidad suele ser demasiado gris, y el ser humano precisa, a fin de cuentas, de una mitología para seguir adelante.

El engaño le valió la aprobación real para dirigir una segunda expedición. Todavía no había reaparecido el Gros-Ventre. Los testimonios de la tripulación podrían haber desmentido la versión de Kerguelen-Trémarec y sus elucubraciones acerca del potencial de explotación de las islas.

Dirigía el impostor esta vez una flotilla de tres navíos, aparejados para una acción expedicionaria y no militar; es decir, con una artillería reducida: Le Roland (con cuatrocientos diecisiete hombres y treinta y seis cañones en lugar de los sesenta y cuatro habituales para su tamaño), L'Oiseau (una fragata con veintiséis cañones, diez menos de lo acostumbrado) y La Dauphine (un velero de dos mástiles). La expedición contaba con los primeros científicos que viajaban a las Tierras Australes y Antárticas Francesas, los astrónomos Du Marsais y Le Paute Dagelet, un médico naturalista, un dibujante y el ingeniero constructor Marrier de la Gâtinerie. La noche antes de zarpar embarcó clandestinamente una joven de catorce años disfrazada de lacayo, Louise Seguin; era la amante del caballero. Según un consejo de guerra posterior (que lo enjuició por haber mentido al rey, abandonado a su merced al Gros-Ventre, y por enriquecerse con el tráfico de pacotilla), Louise fue la causa de una rivalidad perjudicial que alteró la concordia y debilitó el respeto debido a la autoridad.

Divisaron el archipiélago el 14 de diciembre de 1772. El caballero Yves Joseph de Kerguelen-Trémarec, a bordo de Le Roland, tampoco consiguió desembarcar esta vez. Volvió a Versalles humillado y con la tripulación diezmada. Tuvieron que echar por la borda los víveres que el agua de mar había podrido y contentarse con unos pocos bizcochos revenidos, o más bien con las migajas que habían dejado los gusanos, que se escurrían entre los dedos al llevárselas a los labios. Su fina piel estallaba en el paladar de los marineros, como una fruta pulposa, y las lenguas resecas agradecían la húmeda viscosidad.

El racionamiento de un agua ya amarillenta e insalubre era un auténtico martirio. Cuando arreciaba la tormenta, levantaban la vista al cielo nublado y abrían la boca, procurando tragar mucha lluvia, toda la posible. Pero la tempestad la mezclaba, irreparablemente, con el agua salada de las olas que embestían al navío, por lo que el alivio era pasajero y no del todo satisfactorio.

Sí logró desembarcar De Rochegude, el capitán de L'Oiseau, quien volvió a reclamar la soberanía de las islas para Francia el 6 de enero de 1773 y reveló el embellecimiento del relato que había compuesto el supuesto descubridor.

En la corte no sentó nada bien la farsa. Encarcelaron a Kerguelen en el castillo de Saumur, una jaula dorada en donde se hizo amigo del gobernador Dupetit-Thouars. Tras la Revolución Francesa, fue considerado una víctima de la monarquía; fue liberado y nombrado contralmirante. Murió en 1797, con 63 años. En sus memorias, que fueron prohibidas, adujo causas de fuerza mayor, y secretas, para justificar el engaño... Quizás hubiese un misterio que no trascendió, o quizás solo desease lavar su imagen.

James Cook, socarrón, las llamará las «Islas de la Desolación» en 1777 y, por caballerosidad, islas Kerguelen. Llevan el nombre de alguien que nunca puso el pie en ellas.

3.2 El Marion Dufresne II atraca en las islas Kerguelen (49°15'00"S 69°10'00"E) unos doscientos cuarenta y siete años después de que lo hiciera el Gros-Ventre, el 14 de noviembre de 2019. Se trata del lugar más aislado del mundo, al que no vuela ningún avión. La soledad es una imposición, un requisito para acceder a ese lugar en donde se suspende el tiempo y no hay cobertura para el teléfono móvil, un lugar al que se llega en barco solo en fechas señaladas por las necesidades del avituallamiento.

Kerguelen es un archipiélago al sur del océano Índico constituido por una isla principal, la Grande Terre, de siete mil doscientos kilómetros cuadrados (aproximadamente del tamaño de Córcega), y un golfo donde se agrupan unas trescientas islas. Ha conocido varios intentos de colonización y muchos dramas, pero ninguna población permanente ha podido establecerse. Gracias a los numerosos fiordos, se ve el mar casi desde cualquier punto del archipiélago: tiene dos mil ochocientos kilómetros de costa.

Las familias de los pasajeros han podido seguir el recorrido del buque por internet. Respiran tranquilos al pensar que sus queridos aventureros se encuentran a salvo durante un año, hasta el viaje de vuelta al menos. Siempre que no cuenten con los peligros que esconden estas tierras, ni con los que encierran los corazones.

Los invernantes están más que dispuestos a aposentarse finalmente en la isla y a despedirse del barco rojo, blanco y azul. No sospechan que esperarán con ansia el regreso, que escrutarán el horizonte en busca de los colores de la bandera francesa —o de algún destello metalizado— durante meses, como los náufragos de los buques hundidos antaño en esas latitudes. Quedan todavía carcasas de barcos encallados en la bahía.

Al llegar a la base, Quentin se queda gratamente sorprendido: edificios prefabricados, pero muy cómodos por dentro. Todo le parece mucho más confortable de lo que se esperaba. Se había mentalizado para lo peor. Hay incluso una biblioteca medio decente, en una antigua torre meteorológica, y un pequeño hospital que no pasa de enfermería. Las construcciones de colores chillones destacan entre el paisaje. Desentonan con la gama cromática de las islas, limitada a tonos ocres, azules, grises y el carmesí de las acaenas en flor.

El laboratorio, en primera línea de mar, es muy amplio. Lo utilizan prácticamente solo los botánicos y los entomólogos, y también unas gaviotas endémicas que han hecho un nido en el suelo en una esquina de la sala y, si algún incauto se aproxima mucho a ellas, le atacan.

Investigarán con vistas al golfo de Morbian, y podrán ver los elefantes marinos pasar nadando, los albatros, los petreles... No se pueden quejar. Además, compartir un espacio de trabajo con Olivia le parece una perspectiva bastante alentadora. Quizás consiga que se fije en él. En Kerguelen tiene la impresión de ser menos invisible, seguramente por la escasa densidad de población, y eso le da esperanzas.

Hay quien sale al campo y solo ve manchas verdes. Quentin en cambio conoce el lenguaje secreto de las hojas y las cortezas, de los árboles y los arbustos, de las praderas y los bosques. Sus amigos lo llaman «el hombre que le susurra a las plantas de interior», y siempre que visita sus casas le piden que les pase consulta. De una ojeada, comprende cuándo las orquídeas necesitan más luz, o menos agua, para florecer. Tiene ese don. Si supiera leer así de bien y entre líneas a las personas, le hubiera ido mucho mejor con las mujeres.

En los últimos cinco años ha errado por ocho países, de beca en beca. Cuando estás de paso no te compras ni un triste cactus. Tampoco echas raíces si no te quedas quieto. Si le tocase la lotería se buscaría un terrenito en los Alpes marítimos con un pequeño chamizo, cerca de algún pueblo al que ir a pasar el rato de vez en cuando, y sería autosuficiente con un huerto, unos frutales y unas cuantas gallinas. Aunque para eso, claro, primero tendría que jugar.

La botánica se impuso como una evidencia, la elección de tal especialidad fue una de las pocas cosas en la vida de las que no ha dudado nunca, una certeza inquebrantable. Aunque gran parte de su labor consiste en torturar flores mediante la disección de corolas y pistilos, lo hace por un buen motivo; lo hace por la Ciencia.

En Kerguelen, Quentin va a medir el avance del desierto en la península de Morne, provocado por los veranos cada vez más secos, como una advertencia de lo que sucedería si estos se prolongan o se acentúan. Las plantas de estas islas no aguantan el estrés hídrico y, una vez muertas, es imposible detener la erosión que causa el viento furibundo.

La acaena resiste mejor la sequía que las demás plantas autóctonas, y en ocasiones incluso desafía al viento implacable: atrapa dunas y forma los famosos *touradons*, unos montículos desperdigados, altos como un hombre adulto, testigos del nivel al que estaba el suelo antes del inicio de la desertificación.

A Quentin le entra frío en el alma al pensar en ese genocidio vegetal que anuncia otros por venir, al imaginar un futuro sin plantas, una tierra cuarteada, todos los rincones de un planeta abrasado.

El cambio climático en Kerguelen implica más una disminución en la cantidad de precipitaciones —sobre todo en verano— que un aumento de la temperatura, que aun siendo más notable que en los climas templados y tropicales, es menos evidente y acusado que la sequía. La sequía estival y los fuertes vientos originaron en los años sesenta una erosión eólica imparable que en un par de décadas acabó formando un desierto.

Todo empezó cuando unos apacibles elefantes marinos, como es su costumbre unos meses después de la reproducción, volvieron a la costa para mudar. Durante este proceso vascularizan la capa más externa de la piel y eso los hace todavía más sensibles al frío, por lo que se ven obligados a quedarse en tierra durante dos semanas. Se pasan el día rascándose con el objetivo de quitarse las pieles muertas.

Duermen todos pegados, ayunan y no pueden permitirse quemar más grasas de las necesarias para mantener el calor. Por eso, además de apilarse, utilizan el más mínimo relieve para protegerse del viento. Año tras año los agujeros que crean con su peso se agrandan. Normalmente, sin mayores consecuencias. Sin embargo, en Morne, los elefantes marinos fueron los causantes de la erosión porque con el estrés hídrico muchas plantas, que estaban muertas o moribundas, no pudieron aguantar la presión generada por el peso de los animalotes, tampoco recuperarse a tiempo. El viento empezó poco a poco a erosionar, a levantar tierra, y hacia el final de los años 90 el desierto había alcanzado la otra costa de la península.

Desde entonces, todos los veranos se lleva a cabo una inspección que tiene como objetivo descubrir si el frente de erosión se ha desplazado. El trabajo consiste en estudiar la vegetación en los llamados transectos: dos puntos establecidos desde hace años y que les permiten hacer un seguimiento a largo plazo y analizar la composición florística. Comparan los datos anteriores con las especies presentes y con su recubrimiento para poder determinar si el desierto avanza, retrocede, o se ha estancado.

Trabajan a cuatro patas, usan gafas contra la ventisca, llevan la capucha puesta y un pañuelo sobre la boca y la nariz para no respirar arena. A veces no escapan a ráfagas furiosas de aire que los ciegan, y les duele cada uno de los centímetros de piel que no han conseguido cubrir.

A este protocolo lo llaman «Tormenta del desierto».

3.3 Olivia, por su parte, ha viajado hasta el fin del mundo para estudiar una mosca sin alas detritívora, la más conocida de las moscas sin alas: la *Anatalanta aptera*. Como los demás insectos de Kerguelen, y de las otras islas subantárticas, han perdido la capacidad de volar. Hace demasiado viento y por lo general no hay muchos depredadores, o no los había hasta la introducción de su némesis: el *Merizodus*, unos carábidos carnívoros que arrasan con todo a su paso.

Mantener las alas es costoso e implica poseer unos músculos poderosos en la espalda. Estas moscas han economizado esos preciados recursos y han destinado ese espacio y parte del abdomen a guardar reservas de grasa. Son muy culonas, sobre todo las hembras. Así pueden pasarse cuatro meses sin comer si tienen agua a disposición. Por eso es posible enviarlas en cajas hasta Francia para que sean analizadas allí.

Las moscas de otras especies, que llegaron hace unos años, también están perdiendo las alas. Empiezan por tenerlas amorfas, no funcionales, y se van haciendo cada vez más pequeñas. En Kerguelen se puede asistir en directo a la evolución de un ser vivo gracias a lo extremo de las condiciones ambientales. Se trata de adaptarse o morir. A ver cómo lo explicarían los creacionistas.

Son moscas difíciles de capturar, al principio a Olivia le cuesta cogerle el truco. Tarda tres días en conseguir doscientas, solo se encuentra concentraciones un poco mayores (unas cincuenta en doscientos metros cuadrados) en los lugares resguardados del viento. Aprende pronto a engatusarlas: aparecen como de la nada cuando hay cadáveres en descomposición. Para que puedan reproducirse en cautividad, Olivia primero les da trozos de carne putrefacta, pero el olor a muerto en el laboratorio es inaguantable e incluso Quentin, normalmente tan apocado, se queja. Cambia entonces de régimen y les da yema de huevo diluida en agua.

Los principales depredadores de las moscas que interesan a Olivia son los *Merizodus*, unos escarabajos que en 1913 se colaron entre la paja que trajeron para las ovejas procedentes de las Malvinas. Se desplazan andando, como polizontes en las mochilas de los científicos o en la carroña que llevan a sus nidos los *skuas*.

Hay tantos que Olivia captura doscientos en quince minutos. Le pone ojitos a Quentin y consigue que vaya a recoger él las larvas de mosca entre los restos del gato muerto que guardan detrás del laboratorio. Lo protegen con una reja metálica por encima para que los *skuas* no les quiten su preciado tesoro. Es asqueroso. Quentin hace de tripas corazón y se pone guantes y mascarilla para contentar a su Dulcinea. La otra opción es ir a buscarlas entre los restos de algas que deja la marea alta y eso huele casi peor. Si no encuentran alimento, se vuelven caníbales.

Cuando Olivia les da de comer, se queda absorta mirando a sus escarabajitos asesinos. Los carábidos se tiran encima de las larvas que por lo general quintuplican su tamaño. A veces solo uno se da cuenta y le clava sus mandíbulas a la larva, quien se retuerce de dolor, pero el escarabajo no se suelta. Es todo un espectáculo, una especie de rodeo. Luego llegan los demás, hasta que no ve más que *Merizodus* moviéndose bajo los últimos impulsos de la larva tratando de liberarse, y salen del meollo muy contentos con un cachito de carne entre sus mandíbulas.

Cuando era pequeña, sus cuatro hermanos ideaban ininterrumpidamente nuevas maneras de incordiarla. Uno de los juegos favoritos de aquellas mentes perversas consistía en ir a la cocina a oscuras, encender de pronto la luz y correr a pisotear cucarachas. Después recogían los cadáveres y los escondían en los zapatos de Olivia. Otra variante del juego era cazarlas y guillotinarlas con una cuchilla. Los muy sádicos disfrutaban observando cómo los cuerpos seguían moviendo las patitas, tal vez pidiendo ayuda. Llegan a vivir hasta una semana decapitadas; terminan muriendo de deshidratación, porque no pueden beber.

Por ello Olivia aprendió a fijarse en los insectos muy pronto, a mirar la comida con detenimiento antes de meter la cuchara en la sopa, a inspeccionar la habitación en busca de sorpresas truculentas. Nació entonces su amor por la entomología, la fascinación por esos bichitos cuyos huevos eclosionan al calor del motor del electrodoméstico elegido como escondrijo, detrás de la lavadora o debajo de la nevera, en lugares umbríos, a salvo de los humanos.

Se cuidó muy mucho de no hacer partícipes a sus hermanos de su interés científico, no fuera a ser que redoblaran los esfuerzos por idear ocurrencias más desagradables todavía. Además, ya era ella también un bicho raro, ya tenía demasiados motes insultantes, no hacía falta que le pusieran más.

Si hubieran reparado en los títulos de los gruesos tomos que sacaba de la biblioteca, o en los temas que elegía para los trabajos de ciencias, hubieran adivinado que era una pequeña friki de las mariposas, los bichos bola y las mantis religiosas... Pero no le prestaban tanta atención, salvo para molestarla.

Nadie se ha esforzado por conocerla ni ha descifrado las dobleces de su alma. Ella no lo ha puesto fácil. Al contrario, ha ido borrando su rastro y construyéndose una fortaleza inexpugnable en la que guarda todos sus secretos, en donde resiste la erosión de la lucha cotidiana.

3.4 La base de Port-aux-Français es como una aldea de setenta habitantes en verano y cuarenta en invierno, con sus costumbres y su historia. Y con la singularidad de que su población se renueva continuamente, ya que los investigadores y los militares se relevan cada doce meses. De vez en cuando llegan nuevas hornadas. Puede hacer incluso ilusión vivir tan a trasmano, inmerso en lo salvaje, pero una cosa es convivir un año con los pingüinos, con los elefantes marinos y, sobre todo, soportar los terribles vientos, y otra muy distinta quedarse allí para siempre; desterrado.

En esa época, la base está plagada de elefantes marinos bebés casi recién nacidos. También hay muchos adultos. Tras cerca de todo un año en el mar, los elefantes marinos del sur emigran a los litorales donde nacieron para reproducirse. Primero llegan los machos, que luchan entre sí por el dominio de una porción de playa lo más grande posible, dado que se acoplarán con las hembras que lleguen a su pedacito de costa. Las reyertas son brutales y los supervivientes lucen vistosas cicatrices en el cuello, heridas de guerra infligidas por los caninos de los rivales. En los combates pierden mucha sangre.

Quentin ha decidido que no quiere ser un elefante marino: demasiados esfuerzos para ligar y muchas posibilidades de palmarla si tus caninos no están bien afilados. Además, parece tan trabajoso desplazar esa cantidad de masa que no le extraña que se pasen el día tumbados al sol.

Pasan pocos meses en tierra, y los pasan durmiendo. En el agua son también los reyes de la pereza. Las gráficas de los acelerómetros que les ponen muestran cómo se dejan llevar por las corrientes marinas. Si tienen hambre, se sumergen como se hunde una piedra, y una vez bajo el agua empiezan la caza.

3.5 Llevan ya unos días en Kerguelen y Quentin sigue sin deshacer la maleta. Preferiría no hacerlo, pero debe encontrar algo decente que ponerse para el funeral. Ese año la isla está maldita. Se acumulan los muertos. Ya llevan cinco. Del último, al menos, han encontrado un pie, que ha aparecido misteriosamente en la playa. Si hubiesen recuperado el resto se lo llevarían de vuelta en el barco, metido en la cámara frigorífica entre filetes y guisantes congelados, pero han decidido enterrarlo. Para devolver solo un fragmento de cadáver a sus seres queridos mejor no devolverles nada.

El capitán del Marion Dufresne II oficiará una ceremonia en la iglesia de Kerguelen, Notre-Dame des Vents. Quentin se pregunta si el féretro será una caja de zapatos. Sería muy divertido, la verdad, y sin embargo como haga la broma seguro que le cruzan la cara. Están todos tan susceptibles... Nadie aprecia su humor negro.

Espera que caven un hoyo lo suficientemente hondo para que ninguno de los gatos salvajes que merodean cuando cae la noche decida profanar la tumba, y no se encuentren luego el pedazo de carne putrefacta, trufada de gusanos, o quizás tan solo algún dedito, el pulgar o el meñique, en cualquier esquina. Ya lo han mordisqueado bastante los peces, ya ha sido escupido por algún animal, quizá una orca, que se zampó todo el cuerpo y regurgitó solo las botas de goma —para no atragantarse—, y con ellas los pies que calzaban.

Los funerales le producen una extraña exaltación; le dan ganas de bailar y cantar, como si hubiese bebido. La última vez se lo recriminaron. Que por qué estaba tan sonriente. Le convendría reservarse las emociones, ser más hipócrita. Cuando vuelva al redil, se ha propuesto ir a más funerales. Le sientan genial, mejor que cualquier antidepresivo. Quizás sea lo habitual, no sabe a quién preguntárselo. Teme el ostracismo, que lo juzguen y le den de lado.

Los dolientes se van corriendo después a sus casas a desnudarse unos a otros y a no pensar que a ellos también les llegará el día en que los lloren.

Las campanas han empezado a doblar, va a empezar la ceremonia.

Tiene que darse prisa, pero no encuentra nada apropiado. Toda la ropa que ha traído es técnica, de alta montaña, nueva e impersonal. Y alguna prenda más veraniega, para las vacaciones que piensa disfrutar a la vuelta. No puedes pasar de una isla desierta a la gran ciudad, te daría algo. Un infarto o, por lo menos, un ataque de ansiedad. La mayoría de los invernantes optan por alargar su escala en Reunión, como si necesitaran una cámara de descompresión de las que usan los astronautas antes de completar el retorno a la civilización.

Ha sido difícil hacer el equipaje: Quentin se ha convertido al minimalismo. Todo lo que posee en esta vida lo transporta con él, meticulosamente doblado en dos cajas metálicas y en una mochila.

El hombre nunca viaja solo, sino acompañado por sus bichos: ratas, piojos, gatos… Siguiendo las instrucciones del Instituto Polar, ha lavado varias veces la ropa a altas temperaturas para evitar el llevar consigo ningún elemento vivo al archipiélago y no perturbar con semillas o insectos foráneos el delicado ecosistema.

La mayor parte del equipaje se ciñe al listado que recibió con esas instrucciones. Le recordó al que mandaba el campamento de verano al que iba de pequeño, solo que esta vez viajaba durante un año a una isla remota, así que más le valía hacer bien la maleta, no olvidarse los calcetines y las mallas térmicas, o los dos pares de guantes. Desodorantes, jabones, champú… También lleva un buen edredón, tres pijamas abrigados y algunos accesorios polivalentes (una peluca rosa, una pajarita, un chaleco de colores chillones y unos tirantes naranjas) para las fiestas de disfraces. En Kerguelen no existe el dinero, las consumiciones del bar asociativo de Port-aux-Français se descuentan del salario al final de la estancia.

Sus efectos personales caben en una caja de zapatos. Todo lo demás son productos de primera necesidad en esas tierras apartadas, dado que no hay supermercado en miles de kilómetros a la redonda. Ha obedecido con escrupulosidad las instrucciones del IPEV a la hora de empacar, sin permitirse apenas caprichos, salvo unos pies de gato, unas gafas de esquiar con las que parece una mosca, unas cuantas novelas, cinco pelotas de juegos malabares y unos auriculares buenos. Considerando las maletas que acarrea la gente para un fin de semana, es de una austeridad rigurosa. Ha reducido de manera radical sus pertenencias y se ha quedado con lo estrictamente necesario.

No tiene nada parecido a un hogar. Tendría que haber alquilado un trastero durante un año, y no le compensaba. Organizó un mercadillo, donó y tiró. Al viajar tanto en estos últimos tiempos, ya había hecho gran parte de ese trabajo de desprendimiento de lo material. La vida nómada tiene sus ventajas: no acumulas. Salvo por un monociclo de montaña que le regalaron sus únicos amigos —los de la carrera— no posee bienes que atesorar. Lo ha prestado; con vuelta, advirtió. No tiene mucho apego por el resto de sus posesiones terrenales.

Ni siquiera tiene bagaje sentimental. Sus padres murieron en el incendio de su casa —junto con todos los recuerdos de infancia— mientras él estaba en el cine con su abuela. La primera vez, de hecho, que iba al cine. Lloró muchísimo con la película, era *El rey León*. El vecino de abajo se durmió fumando un cigarro y cuando llegaron los bomberos era demasiado tarde. No sobrevivió ningún vecino de los que habitaban el edificio de ocho plantas.

Quentin gastó entonces todas las lágrimas de que disponía. Ha agotado el cupo de sufrimiento, y de mala suerte, que le puede tocar a uno. Su abuela no duró mucho. Lo acogieron unos parientes lejanos, con los que nunca acabó de entenderse. En el tiempo que duró la regencia dilapidaron con alegría la cuantiosa compensación del seguro. Cuando lo descubrió, a los dieciocho años, salió de aquella casa para no volver.

Se niega a ser reducido a una historia trágica que contar a los vecinos. Es un Grinch. Sus amigos lo invitan a pasar la Navidad con ellos, y se niega siempre, sin excepciones. No quiere ser el acoplado, el pobrecito que, fíjate tú, perdió a sus padres en un incendio, qué espanto, siendo un mocoso.

Todos los que lo han querido están muertos. Cuando le dan una buena noticia, no tiene a quien contársela. Tampoco tiene a quien hacer sufrir por los reveses que le da la vida.

No va a defraudar a nadie más que a sí mismo. Nadie le mete presión para que cumpla sueños ajenos. Esa falta de expectativas sobre el devenir le parece extraordinariamente liberadora en los tiempos que corren. Especialmente si se compara con sus compañeros de pupitre, quienes han seguido un camino escrito desde antes de nacer. Estudios, boda, hijos, coche, casa, todo muy ordenadito y decidido de antemano. ¡Y ay del que se desvíe del sendero! El rebaño rechaza las ovejas descarriadas.

Nadie le hace regalos por su cumpleaños, que celebra con pequeños rituales propios, visitando ese día —y solo ese día— la tumba de sus padres, con un picnic, mientras les resume los grandes acontecimientos de los últimos doce meses. Ya no visualiza muy bien sus rostros. Conserva alguna foto, rescatada de casa de su abuela, borrosa de tan manoseada. La nostalgia es traicionera, y los recuerdos se deforman cada vez que los revivimos. Ya no sabe qué es realidad y qué es ficción.

Este año será diferente. No comerá sobre la tumba de sus padres y será la primera Navidad que pase acompañado, en igualdad de condiciones. Son todos náufragos en una isla desierta, una familia improvisada.

Es un observador silencioso de las vidas ajenas. Tampoco quitaba ojo a los inquilinos del hormiguero que, de niño, tenía en su habitación, inquilinos que ardieron con todo lo demás. El hormiguero era un juguete didáctico, de esos que traía Papá Noel, y de los que nunca se cansaba. También tenía unos prismáticos para espiar a las vecinas de enfrente; un microscopio con el que examinar los piojos que le poblaron los rizos durante varios veranos; un telescopio que no podía utilizar en la ciudad porque con tantas farolas no se veían las estrellas, pero que sí llevaba al campo, donde su padre le señalaba las constelaciones haciéndose un poco de lío; unas prensas para las hojas y flores que recogía en el parque y después pegaba en el herbario; un maletín de médico con un muñeco al que se le encendían lucecitas cuando le quitaban los órganos... De todos ellos, el hormiguero era su juguete favorito con diferencia: siempre en constante ebullición, siempre en movimiento.

No tenía trofeos deportivos ornando su cuarto, como la mayoría de los chicos de su clase. Pero sí hormigas, una colección de fósiles, otra de minerales, y una infinitud de libros de ciencias que sus padres le leían por las noches. Muchos tenían ilustraciones detalladas que no se cansaba de admirar: de botánica, de constelaciones, de dinosaurios, de anatomía, atlas... Seguramente ardieron de maravilla.

Con las hormigas virtuales no interactúa nunca. Los comentarios sarcásticos se los guarda. Acaricia la posibilidad de dar rienda suelta a su mordacidad en una cuenta paralela y, por supuesto, con pseudónimo. Necesita esa contrapartida irónica. Por las mañanas, al despertar, repasaba los titulares del periódico, con la intención de contrastarlos luego con los chistes del día en las redes sociales. Le fascinan las noticias absurdas, esas que no tienes muy claro si son de broma o no. «El impresionante rescate de una rata con sobrepeso en Alemania. Vídeo. El rescate fue tomado muy en serio y tuvieron que intervenir ocho bomberos». Google lo sabe y se las recomienda.

La desintoxicación en Kerguelen le viene bien. Estaba empezando a ser patológico. Se olvidaba de apagar las notificaciones y se despertaba a cada momento por culpa de las vibraciones del móvil, deslumbrado por la luz de la pantalla y de aquellas vidas tan glamurosas… Muestran solo el lado bueno. Nunca hacen públicas las malas noticias, esas que a Quentin le gustaría conocer, bien por ansia de justicia poética, bien para sentirse menos solo. Siempre ha sido un apestado. El dolor molesta. Los que son felices huyen de la desdicha como de la lepra. Prefieren acallarla con un cacareo insustancial, como si la mala suerte fuera contagiosa. No vaya a ser que se caiga el velo que esconde el horror y los deslumbre. Cierran filas para defender su placidez de primer mundo, ciegos a todo lo que se salga de su adorada zona de confort. Los que tienen miedo son mediocres, porque se aferran a lo conocido y se niegan, con vehemencia, a ver más allá de sus narices.

Los demás invernantes se van a dar cuenta de que no recibe paquetes en cada OP, aunque ya sorteará ese bache cuando llegue el momento, con evasivas, lamentando que se hubieran perdido en el correo los dulces navideños, o que se los hubiera comido el cartero.

Se decide por una camisa de cuadros roja, a lo leñador. La más formal de toda su vestimenta. Martine se hubiera merecido algo mejor. No morirse, para empezar. Y una prenda de luto, como mínimo.

3.6 El capitán lee un poema de Carver con voz grave, como de locutor de radio. Le queda solemne, sobrio. La muchedumbre (si se puede llamar así a la escasa población del archipiélago) llora, moqueando, a lágrima tendida. La camisa roja de Quentin desentona en la iglesia abarrotada de cuerpos vestidos de negro. Se ha pasado con el minimalismo, tendría que haber incluido en el equipaje al menos el jersey marrón de las entrevistas de trabajo.

Olivia se ha colocado al fondo, de pie cerca de la puerta, sin una lágrima. Quentin se acerca a ella, atraído como un imán. No puede remediarlo. Es consciente de que lo está haciendo todo mal. Le saldría más a cuenta hacerse el interesante. A las chicas les gustan los tipos duros y no los perritos falderos.

El capitán larga un discurso sobre los peligros de la mar, y sobre la necesidad de reforzar la seguridad en las islas. Ahora les tratarán como a niños de pecho durante un par de días. Luego se relajarán, y será como si no hubiera ocurrido ninguna desgracia. También esto pasará.

El desconsuelo de Quentin al principio era una losa que no le dejaba respirar. Con la erosión, y el paso del tiempo, la tristeza se ha convertido en una piedra que cabe en un bolsillo y que uno puede tocar con los dedos y encerrar en un puño, sentir ese peso cada vez más liviano. La orfandad es tan lejana que parece ya una historia leída y no vivida. Se le ha concedido una tregua, la del olvido.

Roza sin querer con el brazo el pezón de Olivia, que se marca bajo el fino jersey; ni lleva sujetador ni hay calefacción en la iglesia. Él intenta disimular la erección, pero ella se da cuenta, y le sonríe con los ojos. O eso se imagina. A su alrededor, todo son llantos y crujir de dientes. No lloran por los desaparecidos, a quienes apenas conocen, sino ante la perspectiva de morirse.

Quentin ha entrenado el ojo. En los funerales, distingue rápidamente a los anestesiados, que tienen la mirada perdida y la boca pastosa. Las viudas se serenan a base de pastillas. En nombre del decoro renuncian a la libertad de gritar su furia, de alcanzar la catarsis.

En Kerguelen no circulan alegremente los lexatines. No los hay en los neceseres de viaje. El médico de la expedición cuenta con lo imprescindible para curar los cuerpos —pero no las almas— de quienes están bajo su cuidado. En un baúl cerrado con llave guardaba ketamina, y lo han desvalijado. Los militares han hecho una batida por la base, en vano. No se sabe quién ha sido el ladrón.

Dejados a su suerte, deberán encontrar el sosiego en su interior, o consolarse frotándose unos contra otros hasta sacarse brillo. Esa noche pocos dormirán solos. Habrá traslados de madrugada entre barracones, risitas ahogadas en la penumbra.

Él era un crío. No le ofrecieron narcóticos. Tuvo que negociar a solas con un dolor sordo que marcó el final de la infancia, o de la inocencia. Ya le ha sucedido lo peor que le puede suceder a alguien. No le pueden arrebatar a nadie más. O eso creía, y sin embargo le han escamoteado también a Martine y la promesa de intimidad que encerraba el coqueteo.

Si tuviera que elegir un superpoder, sería el de viajar en el tiempo. Salvaría a sus padres, y a Martine, y quizás aprovechaba para matar a unos cuantos villanos de la Historia, ya de paso, asfixiándolos en la cuna o ahogándolos en la bañera.

El capitán no puede decir mucho de los desaparecidos. Cae en lugares comunes. Con voz grave engalana esas banalidades, las reviste de sentimiento y de profundidad.

En la oscuridad del fondo de la iglesia, Olivia apoya la nalga izquierda, como sin querer pero queriendo, en el bulto que va a hacer estallar los vaqueros de Quentin. Mira al frente, distraída, mientras apoya su peso primero en una pierna y luego en otra, haciendo oscilar las caderas con languidez. El sufrimiento es exquisito. Ese vaivén lento, delicioso a la par que doloroso para Quentin, sigue el compás de las canciones elegidas por Christophe —el panadero reunionés que hace las veces de cura y que tiene una debilidad por la música cristiana hortera— y que sirven de colofón musical a las exequias. Algún himno religioso, unas baladas... No las más adecuadas, sino las que mejor se sabían. Rinden homenaje a los muertos con una solemnidad que se desconcharía si se equivocasen con las letras.

Llevan de pie toda la ceremonia. Es inevitable que necesite cambiar de postura, se dice, dudando siempre del interés que suscita en el género femenino. Olivia canta con aire inocente y su voz se confunde con las demás. Quentin aspira el aroma de sus rizos, castamente recogidos en señal de duelo. Es imposible llevar el pelo suelto en las Islas de la Desolación. El viento lo enreda y no hay quien peine esos nudos tan apretados. El moño alto deja a la vista una nuca de un blanco cegador, tan cerca y a la vez tan lejos, en la que desearía posar sus labios. El amor linda con el canibalismo en ese deseo de morder la carne ajena y de hacerla propia.

La iglesia es una mezcla de olores: la cera de las velas que se consumen, un tenue perfume de incienso, el relente de humedad de los bancos de una madera que no se llega a secar jamás, la sal y el pánico. Cuando acaban los cánticos se marcha, más altiva que nunca, sin dignarse siquiera a dirigirle una mirada. Quentin finge recogimiento. Se tapa con el abrigo la mancha del pantalón, abochornado y exhausto, más confuso que nunca. Si se pone nervioso, le arden las orejas y le sudan las manos. Cuanto más lo piensa, más le sudan. Es una maldición. No sabe ni tontear ni dar el primer paso. Se aturulla y tartamudea. Sospecha que tiene que ver con su pasado, con esa piedra que lleva en el bolsillo y que pesa más de lo que parece. Olivia lo desconcierta, emite señales contradictorias. O tal vez no sepa interpretarlas. De entre todas sus novias imaginarias, Olivia es la primera que no lo es y que demuestra algo de reciprocidad.

Hay en Quentin algo poroso que se resiste a la definición. No deja huella en sus interlocutores. Es el hombre invisible, hecho de niebla y de indeterminación. Sueña con universos paralelos en los que es otro. Le gustaría tener el aplomo de ese italiano al que Olivia mira de soslayo de cuando en cuando. ¿Cómo sería mirar el mundo con esos ojos de un azul tan frío, con ese corazón en donde anidan serpientes enroscadas? Quizás no pudiese aguantarlo y le estallase la cabeza en mil pedazos, como una ventana rota por un balón en un partido de fútbol callejero. Es una pena, porque a veces —por no decir casi siempre— está cansado de sí mismo, de sus obsesiones y sus aburridos límites. Se cae mal; no quiere ser prudente y discreto. Busca la trascendencia y encuentra un espejo cóncavo que le devuelve una y otra vez una imagen distorsionada. Quiere dejar de ser una isla con costas escarpadas que no dejan que ningún barco se acerque. Querría ser, al menos, una península.

3.7 Esa noche se despiden los invernantes veteranos, que abandonan las Islas de la Desolación con lágrimas en los ojos. Este es también un viaje iniciático, una experiencia irrepetible que les ha marcado para siempre. Han sido una gran familia que ahora se dispersa.

Las OPS suelen ser una juerga continua. Aprovechan que están todos reunidos en el único lugar habitado del archipiélago, la base científica de Port-aux-Français, para charlar y bailar, porque después vuelven todos al trabajo de campo durante varios días, o incluso varias semanas, y a veces ni se cruzan cuando pasan por la base a ducharse, a descansar un poco antes de irse de nuevo.

Al principio, el festejo no parece muy animado, el funeral del pie enterrado sin dueño ha sido esa misma mañana, pero a la segunda cerveza se relajan, suena alguna carcajada, y, por fin, buena música.

Emma se acerca a su madre y a su padrastro, acodados en la barra. Parten al día siguiente. Les queda todavía un buen trecho. Tienen que pasar por Saint-Paul —una isla de ocho kilómetros cuadrados que es un volcán hundido en el mar y solo sobresale del agua parte del cráter, como una media luna—, luego por Amsterdam —la isla con más suicidios de las TAAF—, de vuelta a Reunión y de ahí a Madrid, con escala en París.

Se siente muy arropada. Les agradece que la hayan acompañado hasta las antípodas como si fuera el primer día de guardería. Les asegura que va a tener cuidado, que va a volver. Margarita asiente, pero no responde, está a punto de llorar y es de mala educación sonarse en público. Quiere que su hija sea feliz, aunque para ello haya tenido que viajar tan lejos. Se retiran pronto, tras un abrazo clandestino en el umbral. Emma sí que llora, un poco de pena, un poco por la emoción. A pesar de los desaparecidos, y de los evidentes peligros que encierran las islas, está convencida de que este va a ser el año más importante de su vida; quiere verse libre de la tutela parental y finalmente disfrutarlo como es debido.

4.
Chapuzón

El faisán de los lagos prefiere caminar diez mil leguas para comer un solo grano y dar cien mil pasos para beber un trago del río a vivir como un rey en una jaula de oro, con el alma mustia.

Chuang Tse

4.1 Los gatos, que entonces no eran salvajes, llegaron en barco. Las Islas de la Desolación, uno de los lugares más inhóspitos del planeta, fueron conquistadas por las mascotas de los marineros bretones cuando desembarcaron por estas costas. Hoy en día, campan por una tierra azotada por vientos de hasta doscientos kilómetros por hora con mucha más soltura que los humanos, quienes se recluyen en las barracas de Port-aux-Français cuando el tiempo no acompaña.

Desafiando las innumerables prohibiciones que regulan hasta el más mínimo detalle de las vidas de los habitantes de las Tierras Australes y Antárticas Francesas, Emma, a pocos meses de su llegada, se ha propuesto domesticar alguno de esos lindos mininos para no sentirse tan sola durante las largas noches invernales. Les deja ofrendas secretas, como a dioses de un culto ancestral y perseguido: tazones de leche que amanecen intactos y cubiertos de escarcha, tripas de pescado que atraen a las palomas antárticas (*Chionis albus*, unos pájaros bastante tontos, pero con una capacidad para el oportunismo impresionante dada su reducida inteligencia) cuyos estridentes graznidos la despiertan todas las mañanas. No obstante, lo más probable es que sean las gaviotas que anidan en los propios barracones las que arrasan con los restos. Son como una mafia defendiendo su territorio de otros grupos de gaviotas, otros pájaros o incluso de los humanos.

En Madrid la espera su gata, atigrada con ojos amarillos. Cuando Emma la adoptó era una bolita de pelo mimosa y ronroneaba enroscada a su vera todas las noches. La llamó Suricata, y se quedó con Suri.

Ahora que ha crecido es más arisca. No se acerca a recibir caricias, salvo cuando vuelves a casa después de pasar el día fuera. Entonces viene a saludarte. Se te mete entre las piernas y te sigue por las habitaciones, vigilándote, como para explicarte que no quiere estar sola. De noche, se sube de un salto a la cama, se hace una bola y ronronea. Ya no se deja acariciar como cuando era tan pequeña como un peluche. Por las mañanas, eso sí, te despiertan sus finos colmillos en los dedos del pie, y no son mordisquitos amigables, son dentelladas para exigir que le des el desayuno o el agua. Tiene la lengua rugosa y áspera, por lo que sus lametones tienen algo de papel de lija. Prefiere hacer sus necesidades con el arenero limpio. Es toda una dama.

Mantienen una relación de dependencia tóxica en la que se le demanda una entrega absoluta, sin recibir a cambio más que algún mimo de pasada, condescendiente. El ruido sordo, como de motor, del ronroneo, y el calorcito a los pies de la cama son un pobre sustituto del abrazo de sus sobrinos, del olor a Nenuco y a pan recién hecho. Le ha costado separarse de su gata más que de sus amigos y menos que de sus sobrinos, pero las directrices del Instituto Polar eran tajantes: nada de animales de compañía. Por otra parte, Suri no duraría ni dos minutos viva en estas islas tan crueles.

Para sus cumpleaños le regalan camisetas o libros o tazas o pendientes o cuadros o vasos o collares o marcapáginas con motivos felinos. Es una especie de broma que hace tiempo que dejó de tener gracia. A lo tonto, Emma ha reunido una considerable colección y es, oficialmente, la «loca de los gatos», sobre todo después de dedicarles el Trabajo de Fin de Grado, luego el de Fin de Máster, y ahora la tesis doctoral.

Ha viajado hasta el fin del mundo para estudiar en estado salvaje a un animal de la misma especie del que tiene como mascota. Su habitación, incluso en Kerguelen, está plagada de cosas con gatos: la colcha, un póster, un almohadón, una libreta, la taza del desayuno, el pijama…

Es un poco excéntrica, y reivindica esa rareza como quien defiende una bandera. Su patria es el «felinismo», sus compatriotas unos mamíferos peludos a los que no consigue amaestrar. Se refugia en el amor por los gatos como quien se convierte a una religión, con un fervor que no deja lugar a la ironía. Es un bastión de su identidad. Ha hecho de su objeto de estudio un tótem; o de su mascota un objeto de estudio.

Su obsesión roza lo enfermizo según su madre, que no ve con buenos ojos que su hija se convierta en el hazmerreír de la familia. Margarita reza por que sea una fase pasajera que se le olvide con los años. Va a hacer una buena purga en su ausencia. Cuando vuelva, Emma se encontrará con que ha donado a la beneficencia toda su colección, y tendrá que empezar de nuevo o desistir. Si es que vuelve, pues al ritmo al que se suceden las muertes y las desapariciones, esa posibilidad se le antoja de lo más remota.

4.2 Los gatos salvajes son una presencia invisible salvo por las gotas de sangre sobre la nieve, silenciosa salvo por algún maullido en medio de la noche. A veces se encuentran montones de plumas o huesos de conejo delante de lo que a primera vista parece una madriguera. Cuentan que fueron introducidos con la intención de acabar con la epidemia de conejos que algún conquistador iluminado soltó para poder cazar. Emma prefiere pensar que, cansados de la vida del lobo de mar, se escaparon de algún barco de marinos bretones, quienes los llevaban a bordo con el propósito de acabar con las ratas y de tener, en caso de necesidad, carne fresca que comer —aunque fuera gato por liebre— sin tener que recurrir al manido canibalismo.

Los gatos descubrieron que las aves marinas eran más vulnerables que los conejos, pues estos son mucho más veloces y avispados. Se adaptaron al duro clima y se convirtieron a su vez en una plaga. Siguen cazando conejos, pero se centran sobre todo en las crías, mucho más fáciles de atrapar. De hecho, es tal su dependencia de esta fuente de alimentación que los gatos salvajes han modificado el tiempo de su propia reproducción para que coincida con la de la otra especie y así disponer de suficiente comida con la que alimentar a su descendencia. En lugar de construirse una madriguera, les basta con localizar una ya excavada; si está habitada, mejor.

Los gatos salvajes han conquistado las Islas de la Desolación. La pareja que desembarcó inicialmente ha dado pie a una población que hoy asciende a unos dos mil, diseminados por todo el archipiélago. No tienen competencia. Su reinado es incontestable.

Los científicos realizan controles rutinarios de la biometría de los gatos: son esquivos, por lo que se ven obligados a tenderles trampas con conejos muertos, salmones o incluso unas latas de concentrado de frutos de mar que apestan una barbaridad, pero que atraen a los gatos salvajes más *gourmets*, que rechazan los otros cebos. Las trampas se camuflan en lugares abrigados del viento, y están lo bastante separadas para que el maullido de los gatos ya apresados no advierta del peligro a los demás. Caminan una media de veinte kilómetros diarios: ir a cazar los conejos, meterlos en las trampas y cargar con ellas hasta dar con el escondrijo adecuado. Luego toman muestras de pelo o sangre para realizar estudios genéticos, y la muestra más difícil de todas: un bigote, que sirve para determinar a partir de isótopos cuál es su alimentación. El laboratorio improvisado se monta en una mesa del refugio. Una vez realizado el estudio, vuelven a soltar al gato salvaje en la zona donde lo habían capturado. Es uno de los trabajos de campo más duros físicamente, aunque lo más difícil, sin duda, no es colocar las trampas, sino remolcarlas de vuelta cuando ya van preñadas, con el conejo de cebo y el cazador cazado. La llaman la *Manip' Popchat*.

Primero es necesario ir a cazar el cebo que sirve para armar las trampas. Las escopetas están sometidas a un estricto control. Las suelen llevar solo el investigador Popchat y un agente de la reserva (deben tener una licencia de armas y otra de caza). Los fusiles los guarda bajo llave el jefe de la base. Se ejercitan con un blanco en movimiento: los conejos.

4.3 Quentin y Edoardo comparten el entusiasmo de Emma por las Islas de la Desolación, aunque los gatos les son más indiferentes. Quedan cautivados por los pingüinos Macaroni. Tienen una cara de enfado muy chistosa, como si tuvieran malas pulgas: podrían ser los villanos en una película de dibujos animados.

El refugio donde van a dormir es algo precario, pero está rodeado por unos pingüinos bajitos llamados *papus*, albatros y leones marinos; es conveniente andarse con cuidado, pues estos últimos son muy agresivos y territoriales. Si te muerden te arriesgas a una septicemia. Ir a buscar agua al mar para lavar los platos es una salida arriesgada: uno vigila mientras el otro llena la garrafa, con guantes y con miedo a que los animales que rondan debajo de la superficie te arranquen la mano o el brazo. El temor a la amputación de un miembro es directamente proporcional al subidón de adrenalina que produce el sumergir la garrafa en el agua opaca. El peligro acecha.

Por primera vez en años, Emma, Quentin y Edoardo se sienten vivos y miran a su alrededor con ojos maravillados. Son personajes de Jules Verne, capaces de viajar al centro de la Tierra, a la Luna, al fondo del océano y a las antípodas. Aunque se acumulen los desaparecidos, la isla los ha curado de sí mismos. Todos arrastraban adicciones secundarias y socialmente aceptadas, pequeños vicios e inseguridades en los que ahora no tienen tiempo para pensar mientras intentan no perder un dedo en las fauces de un león marino, o mientras ríen las gracias de los pingüinos *papus* que dando saltitos van a dar de comer a los polluelos. A diferencia de los demás tipos de pingüinos, que suelen quedarse en la playa (quizás son más miedicas), los *papus* anidan en colonias situadas hasta dos kilómetros tierra adentro.

Siempre se encuentra una razón para ir al fin del mundo. Se escapa de algo o se va en busca de algo. Todos tenían cosas que ocultar. Las habían sepultado tan dentro de sus corazones que casi las habían olvidado. Kerguelen se ha convertido para ellos en un centro de desintoxicación de la civilización y sus males. La desconexión es forzosa: la señal no da ni para leer los titulares.

La remota isla es ahora el centro de su mundo. Su vida anterior se desdibuja, es nebulosa. Los recuerdos se cuartean y se desintegran. La lejanía niega el pasado y afirma el presente. La desmemoria se impone. Los lazos de sangre se diluyen en el agua salada. Eran sonámbulos y han despertado. Habían vivido en sueños; esta es la única realidad. Los espacios abiertos, barridos por un viento cortante que convierte en hielo todo lo que roza, un cielo sin sol y gajos de glaciares cruzando un mar indómito. Aman esas tierras desoladas, hechizados por los deltas y los fiordos, aman las piedras volcánicas, el liquen grisáceo que alimenta a los renos, las moscas sin alas, el clamor del viento y de las olas.

En Kerguelen no se ven basuras. Son cuidadosos y llevan consigo todos los residuos cuando acaban el trabajo de campo. Es un territorio virgen, y debe permanecer así. Con todo, al ritmo al que siguen desfilando los icebergs, quizás pronto no quede tierra firme y suba tanto el nivel del mar que los ahogue rápidamente sin dar tiempo a que los rescaten.

4.4 Emma se ha desprendido de sus rastas rubias después de que se le congelasen esa mañana mientras colocaban las jaulas para los gatos. Le pesaba tanto la cabeza de Medusa con esas serpientes congeladas que le pidió a Quentin que se las cortase con una navaja suiza, como un rito iniciático en una tribu perdida, de aquellos que documentaron los primeros antropólogos. Después de comer, las dejaron colgando de una viga, a secar, como si fueran hojas de tabaco, y el suelo acabó empapado.

Al regresar por la noche al refugio, comprueban que se ha estropeado la calefacción. Utilizan las rastas como yesca para prender fuego: queman un taburete que traqueteaba. Son como lianas; crepitan, pero se consumen enseguida y huele toda la habitación a pelo chamuscado. Saldrían a por leña si hubiese leña que recoger. En la cabaña, encuentran unas cajas de cartón, una cesta de mimbre y una pila de periódicos viejos que avivan las llamas, pero que no calientan lo suficiente. Queman también el papel higiénico. Tendrán que arrancar un matorral, o algo de musgo —mucho mejor, que es más suave y no raspa— tras defecar con el culo al aire. No hay baño en los refugios. Ese lujo queda circunscrito a la civilización. Se congelan las partes pudendas al evacuar. Hay que salir a hacerlo equipado con luz frontal para ver por dónde se pisa, para no caerse en una zanja y, sobre todo, para saber volver…

Los tres invernantes duermen muy abrazados, juntos, pero no revueltos, al menos al principio; son muñecas temblorosas a la luz de las linternas, muñecas a las que el fuego no consigue calentar. Una humedad helada les recorre las venas; la condensación cala la ropa. Será necesario esmerarse para entrar en calor. Despliegan dentro del refugio la tienda de campaña que llevan en esas excursiones cuando no se fían del estado en que se van a encontrar el refugio, aunque eso implique acarrear más peso del estrictamente necesario.

A pesar del contratiempo, están muy animados: han descorchado una botella de champán para acompañar la cena porque hoy es el cumpleaños de Quentin, quien no esperaba que sus compañeros se acordasen, y mucho menos brindar. Emma ha sido la que ha preparado la sorpresa, la que ha llevado la botella escondida en la mochila, y el sacacorchos. Ella siempre tiene esos pequeños detalles, y para la cena ha traído unas conservas buenísimas que guardaba para alguna celebración especial, patés y quesos. Hacía mucho que no cenaban tan bien, y se sienten como sultanes en esa cabaña perdida. Bromean, achispados, mientras montan la tienda como pequeños scouts, están destemplados pero no pierden la camaradería. En ese fuerte dentro de otro fuerte, Edoardo, Quentin y Emma se quitan unos a otros las prendas mojadas; acaban desnudos y trenzados como incestuosos trillizos en el vientre materno; un nuevo vientre que construyen tras ensamblar las cremalleras de los sacos de dormir.

Quentin no se había planteado jamás hacer un trío; normalmente es demasiado tímido para esos lances, pero la ocasión lo merece. Kerguelen lo ha cambiado. Llegó siendo muy inocente e ingenuo, y el tiempo pasado con Edo lo está acanallando. Ahora es mucho más lanzado. Además, cumple treinta años y no se le ocurre mejor celebración. Todo fluye con sorprendente naturalidad, sin rodillazos torpes en la nariz, como podía haber pensado, y ni siquiera los típicos silencios incómodos entre actos, que parecerían inevitables. Por su parte, más desnuda que nunca sin sus larguísimas rastas, Emma renace en esa noche oscura en la que se derriban los tabús. Más deseada que nunca, con dos pares de manos acariciándola, dos bocas besándola… Mejor acompañada que nunca.

No duermen apenas. Consiguen distraerse y no congelarse. No se quitan los gruesos calcetines, tampoco hay que exagerar con el romanticismo; están en confianza. Emma lleva meses sin ponerse sujetador. Y sin depilarse. En Kerguelen ni siquiera se mira al espejo. Cuando recibió la lista detallada con las instrucciones de lo que iba a necesitar para el «Año en la Isla Remota», como lo titulaba, se puso contentísima al pensar que viviría doce meses vistiendo ropa técnica de montaña, liberada de la tiranía de la moda: del no saber qué ponerse, o cómo conjuntar, del «eso no pega ni con cola», «si adelgazases no te sentaría mal», «¿por qué no te vistes como una chica?...».

Preguntas que esconden *la* verdadera pregunta, esa que ni siquiera se atreven a pronunciar porque ha desencadenado ya demasiadas discusiones: «¿Por qué sigues soltera?». La pregunta tiene infinitos comentarios: «Se te va a pasar el arroz. Dales unos primitos a tus sobrinos. La fertilidad desciende en picado pasados los treinta y uno. A partir de los treinta y cinco se multiplican las posibilidades de que te salga el crío con problemas. Te vas a quedar para vestir santos. No repitas, que ya has comido demasiado. Vas a morir sola y amargada. Te encontrarán los vecinos por el mal olor. La tapa del ataúd estará cerrada en tu funeral porque tu mascota tan querida habrá devorado la carne putrefacta de tu rostro tras terminarse el pienso».

Eulogio se había ofrecido a pagarle un tratamiento para que se congelara los óvulos, y se montó la marimorena. Había metido el dedo en una llaga purulenta. La tía de Emma dio prioridad a su carrera. Alcanzó el puesto deseado al filo de los cuarenta, y entonces quiso ser madre. Después de intentarlo un tiempo, se gastó un dineral en varios ciclos de *in vitro*, pero en lugar de un bebé le creció un cáncer en el útero. Siempre que iba a visitarla cuando ya estaba muy enferma, Emma leía en sus ojos una súplica para que la ahogase con la almohada, para que la librase del sufrimiento de una vez por todas. Se llamaba Beatriz, y su nombre no se pronuncia casi nunca. La herida sigue abierta. No parece que vaya a cicatrizar bien.

Emma necesitaba poner kilómetros de mar de por medio, aflojar los lazos que le robaban el aire. Hay amores maternales que son prisiones, intimidades mal entendidas. Sus amigas también le insisten, aunque son más taimadas. No se atreven a soltarlo a bocajarro. Ellas sí que le sacaron partido a la soltería. Iban al trabajo con la ropa del día anterior, tras pernoctar en camas ajenas. Tenían un neceser siempre a mano, con desodorante, cepillo de dientes y maquillaje para las ojeras. Se tomaban unos cuantos cafés y fingían trabajar más que nunca mientras repasaban por teléfono los detalles de la noche anterior. A Emma, en cambio, le da cierto reparo citarse por internet con un desconocido y que luego resulte ser un tarado que la viola y la descuartiza; o un traficante de órganos que la duerme con cloroformo y la vacía por dentro y luego, al despertar —si es que despierta— verse sin córneas o sin riñones.

Nadie se atreve a cachondearse abiertamente de ella, pero es la comidilla y lo sabe. Su ex salió del armario pasados dos meses de la ruptura. Debería haber visto las señales. Se resistía a hacerle el *cunnilingus*; le daba repelús. Él decía que si lo emborrachaba podría llegar a animarse. O que, si le dejaba probar por detrás, entonces accedía. Ella se negó. Lo dejaron en tablas, y se acostaron muy de vez en cuando, en seco y con la luz apagada.

En su despedida de soltera, tras beber algún chupito de más, confesó sus recelos, y Casilda, su mejor amiga, la convenció de que lo mejor que podía hacer era salir de dudas, descubrir algunos trucos nuevos para la noche de bodas, y acabó en brazos del camarero. No había color. Hasta ese momento, Emma creía que la penetración le dolía por culpa de un quiste que iba a ser necesario extirpar. Descubrió que para disfrutar del asunto necesitaba esos preliminares que su prometido se saltaba sistemáticamente. Revisó su historial en el ordenador y confirmó las sospechas. Canceló la boda, para gran indignación de la familia del novio. Si la víbora que era la que iba a ser su suegra se mordiese la lengua, se envenenaría. Según ella, es todo culpa de Emma, que ha empujado a su hijo a la acera de enfrente.

La luna de miel ya estaba pagada y no tenía intención de desaprovecharla. Invitó a Casilda, que había evitado que cometiese el mayor error de su vida. Tumbada en una playa caribeña bebiendo cócteles demasiado azucarados, el futuro se desplegaba ante ella como una página en blanco.

Al volver, empezó el asedio. Carmen y Margarita se empeñaron en buscarle un sustituto al abandonado. No se resignaban a poner un número impar de cubiertos en las comidas familiares. Emma, por su parte, se soltó la melena, y se pasó todo el verano amaneciendo abrazada a la taza del retrete.

El vestido de novia es un fantasma que cuelga de una percha en el armario. Su madre no deja que lo venda por Wallapop. Daría mala suerte, como un espejo roto, o los gatos negros, o que se te caiga la sal, o pasar por debajo de una escalera, o que te barran los pies. «Y tal vez todavía lo uses, no tires la toalla». Cuando se lo probó en la tienda,

Margarita y Carmen suspiraron al unísono. Por fin habían conseguido disfrazarla de princesa.

Sus rastas datan del día anterior a la boda de su hermana. Nada desentona más en una recepción elegante, se dijo. Y tenía razón. Las caras de los familiares al verla por primera vez con ese peinado merecieron la pena. Es la cruz que les ha caído en suerte, pero su rebelión es un mero desafío formal. Margarita también tuvo sus devaneos, y piensa que es una fase a la que hay que darle la menor importancia posible, para que no se enquiste.

En la boda de Carmen, Emma saltó dando codazos a todas las invitadas para atrapar el ramo, pero cuando empezó a sonar la música lo dejó abandonado en una silla. Margarita la miraba con gélida desaprobación por dar la nota y beber más *gin-tonics* de la cuenta. Cuando se enfada, las ventanas de su nariz aletean, como si quisiera echarse a volar y perderte de vista un ratito. Emma acabó vomitando todos y cada uno de los aperitivos del cóctel mientras le sujetaban la cabeza. Luego salió al aire libre para que se le pasase el mareo. Se quitó los zapatos y se sentó en el suelo, a pesar de la humedad. La velada tocaba a su fin y había bailado mucho. Su acompañante se quedó fascinado con la pequeñez de sus pies, y balbuceaba alabanzas mientras masajeaba sus deditos «delicados y comestibles, como de algodón de azúcar». A la mañana siguiente, él la llamó, pero ella no cogió el teléfono. La resaca le duró tres días.

4.5 El día después, los tres miembros de la expedición, de muy buen humor, van a ver qué han cazado durante la noche las trampas para felinos que pusieron el día anterior. La cosecha ha sido abundante. Se encuentran con seis gatos enjaulados, con dos trampas cerradas sin conejo ni gato, y una en la que algún gato espabilado ha logrado comerse el cebo sin que se active el mecanismo. Las jaulas sisean y se mueven, como si estuvieran llenas de serpientes enfurecidas, dispuestas a atacar.

En la última trampa que le toca revisar, Quentin se encuentra un *skua*. Los *skuas* han comprendido que, aunque caigan en la trampa, luego los liberan, por lo que han aprendido a conseguir comida gratis sin esfuerzo.

Normalmente, capturan unos treinta en una sesión de diez días y se ponen, como mucho, unas diez o quince trampas por jornada.

A los nuevos, a los que nunca habían sido capturados antes, además de tomar las muestras habituales, les ponen un chip, un nombre y un collar. Optan por el lado creativo y eligen nombres graciosos, como Chat-Mourai [samurái], o Jalisko, un macho de unos tres años que es puro músculo.

Las diferencias entre estos gatos salvajes y las mascotas de las que descienden son también fisonómicas. Tienen un pelaje más espeso, más tupido, seguramente para adaptarse al invierno austral. Son muy musculosos, tienen las mandíbulas fuertes para acabar con los conejos y los polluelos de cierto tamaño, incluso con albatros de dieciséis kilos, toda una hazaña para los cinco que puede llegar a pesar un gato salvaje macho adulto. Tienen una esperanza media de vida de cinco años, frente a los quince de uno doméstico. Vivirían más en Occidente, pero estarían confinados entre cuatro paredes; no serían reyes, sino esclavos.

Los gatos salvajes de Kerguelen o son blancos o son negros: no hay atigrados. Descienden de un gato blanco y de un gato negro. Hay muy pocos totalmente blancos. La razón es que se ven demasiado y para cazar no resulta práctico. En general, suelen ser casi totalmente negros con alguna que otra mancha blanca. Por la base ronda un gato blanco con el pelo largo; un macho tuerto, viejo y feo, al que jamás consiguen capturar.

Al coger en brazos —como a un bebé recién nacido— a Jalisko, anestesiado, y al palpar ese cuerpo fibroso, tan distinto del mullido abrigo de grasa que envuelve a su gatita, Emma se da cuenta de lo ingenua que ha sido al pretender domar a esas fierecillas. Como en la fábula en la que La Fontaine trata del perro y del lobo, prefieren pasar hambre y ser libres para correr a su aire antes que soportar las cadenas con que los amos atan a sus mascotas. Tienen un pelaje duro, crespo, nada que ver con la esponjosa suavidad a la que Suri la ha acostumbrado. Jalisko tiene las orejas hechas jirones de tanto pelearse. Para obtener fácilmente el muestreo, los drogan. Si no los anestesiaran, los gatos salvajes desfigurarían a los jóvenes investigadores con esas garras afiladas. Son pequeñas panteras.

El temor a la mutilación y a la muerte es constante en las Islas de la Desolación, pero también lo es el desconcierto frente a la naturaleza salvaje y a su exuberante esplendor. Los icebergs brillan con las últimas luces del día como diamantes en una funda de terciopelo.

Esa noche ven una espectacular aurora austral. Les parece un buen presagio. Ellos no morirán en las TAAF, se dicen a sí mismos, y se llevarán consigo imágenes de una belleza abrumadora.

Una vez que te alejas un poco de la base, al ponerse el sol, la única luz es la de la Luna. Cuando hay nubes, todo son sombras, no se sabe dónde empieza la isla y dónde comienza el agua. Es fácil tropezar por los acantilados y pasar de la tierra al mar.

Aquí todo es océano y cielo. Los primeros días miraban extasiados las estrellas, luego dejaron de asombrarse por la nitidez del firmamento. Las auroras australes, no muy habituales, siempre los conmueven. No falla la magia de las serpentinas de colores que ondean en el cielo como las cintas de raso con las que bailaba Emma en las clases de gimnasia rítmica.

Se acostumbraron —¡cómo no!— a la falta de contaminación lumínica: no hay poblamientos humanos en las inmediaciones, pues las islas más cercanas son Heard y Mc Donald, dos enclaves australianos inhabitados.

Las cuatro bombillas que alumbran Port-aux-Français se apagan durante la época de reproducción de los petreles porque podrían desviarlos de su trayectoria y, atraídos por la luz —como los mosquitos—, se acabarían posando en el lugar equivocado. Los gatos salvajes son depredadores de petreles, por eso es mejor protegerlos. A los petreles, además, les cuesta levantar el vuelo desde el suelo llano, por lo que suelen dejarse caer desde algún precipicio o lugar elevado.

Al final, se aplica la norma de no encender las luces durante todo el año, salvo en las OPS, para evitar que los turistas se rompan una pierna. Entonces, por las mañanas, los ornitólogos dan una vuelta por las inmediaciones de la base para rescatar los petreles desorientados. Los guardan en una caja hasta que llegue la noche; luego, los alejan de las luces y los sueltan. Es mejor ponerse de cara al viento, coger el pajarillo con las dos manos y lanzarlo hacia arriba para que coja altura. Una vez en el aire, nota la caída y de forma automática empieza a volar. A veces están un poco atontados, no lo consiguen y se pegan una buena torta, pero por lo general lo logran a la primera o a la segunda.

4.6 Emma lleva sin obsesionarse por su índice de masa corporal desde que subió al Marion Dufresne II en Reunión con rumbo a las TAAF. Cree que ha cogido un par de kilos. Es difícil de saber, pues ha decidido que este año no va a pisar la báscula. Es uno de los retos que se ha propuesto y que por ahora está cumpliendo. Sucede que no hay ninguna a mano, salvo la del médico, que incluso te mide la grasa corporal, pero le da apuro pedírsela. De todas formas, con el ejercicio que está haciendo, seguro que lo quema todo. Un día hizo treinta y cuatro kilómetros de marcha y unos seiscientos metros de desnivel.

En Kerguelen, cuando sobrepasas los cuatrocientos metros de altitud ya está todo nevado, y la excursión se puede considerar alpinismo debido a las condiciones climáticas. No hay sendas, no hay un tráfico suficiente como para que las pisadas desnuden la tierra de vegetación. Es agotador caminar por esos terrenos pantanosos en los que te hundes hasta la rodilla sin previo aviso mientras la ropa restalla con el viento.

Emma echa de menos el bosque, los troncos marrones sobre la hierba verde. Sin árboles ni apenas edificios, nada se opone al viento rabioso; nada lo frena. Barre y limpia el aire y la tierra de desechos e impurezas. Borra las voces y los demás sonidos. El viento es el protagonista indiscutible.

La mirada se pierde en la lejanía hasta detenerse en los icebergs que se pasean por la línea del horizonte como leviatanes indolentes, arrastrados por las olas y las secretas corrientes submarinas. Los hay de dos tipos: o irregulares —de una geometría caprichosa— o tabulares, paralelogramos con cuatro ángulos que de tan rectos resultan desconcertantes en alta mar. Los primeros son los más comunes, le recuerdan a los castillos de arena que hacía en la playa con Carmen y que luego destruían a pisotones entre alaridos de júbilo, como valquirias desbocadas. La marea lamía después las ruinas de esos castillos, que tenían incluso foso y puertas levadizas y estaban adornados con conchas y algas. En cambio, los icebergs tabulares son lápidas de mármol en un cementerio marino, rectángulos perfectos en un océano de seda fruncida.

Antes de partir de nuevo hacia Port-aux-Français, deciden darse un homenaje: sellar la nueva intimidad con un chapuzón en las aguas termales de Val Travers. Fueron descubiertas hace relativamente poco, en 1978. Gran parte del archipiélago no está cartografiado todavía, sobre todo el interior. Es tierra por descubrir, ignota. El mapa de las islas, donde todavía quedan muchos espacios en blanco, cuenta con topónimos que parecen salidos de una leyenda, como el Monte de las Hadas, el Volcán del Diablo, la Península de los Pasos Perdidos, el Pico del Gran Pezón, las Cumbres Borrascosas, el Lago de la Mala Suerte…

Se ven obligados a desviarse considerablemente, pero nadie les espera con impaciencia. Las termas son unas piscinas naturales, en la cuenca de un valle retirado. El aire les parece más gélido que nunca mientras se zambullen en las aguas humeantes, por el contraste.

Un *skua* los vigila desde la orilla. Son aves rapaces y carroñeras. No le hacen ascos a las placentas de las elefantas marinas, ni a nada que se les ponga por delante. Aterrorizan a las demás aves y les roban los huevos; con su pico ganchudo se ensañan con las crías de pingüino. Son la amenaza que sobrevuela los nidos, atacan sin piedad. Cazan de día y de noche. Les quitan los salmones a los invernantes cuando los sacan del agua, y a veces se llevan también el anzuelo.

El cuerpo de Emma, agarrotado, se relaja con el calor y la compañía. Mecidos por el murmullo del mar, hacen el muerto en esas bañeras gigantes. Pasan varias horas así, cocidos como langostas. De vez en cuando, salen durante unos pocos minutos al aire congelado para luego meterse corriendo, de un salto, en el agua calentita. Hay, incluso, una pequeña cascada, en la que el agua, en lugar de caer, sube hasta el cielo, empujada por la fuerza del viento, como una fuente. Da la impresión de estar haciendo el pino.

Emma tendría que haber sido una patricia romana —o más bien un patricio romano— para poder disfrutar de unas buenas termas a diario. Aunque es posible que entonces hubiera muerto por una infección o un catarro cualquiera, por la mordedura de una serpiente, envenenada o apuñalada por la espalda…

Si se aburguesase del todo, como su hermana, le pediría a su padrastro que le pusiese un piso mono con una bonita bañera. Y con chimenea, pues le gusta contemplar las llamas. Lo llenaría de plantas. Su hogar sería una selva.

No necesitaría salir a la calle jamás, con el agua, el fuego, su gatita... Con la comida y los libros a domicilio. Es una tentación —la del arraigo— a la que sucumbirá, pero antes quiere ver mundo. Ha salido del nido y se ha ido al otro lado del globo. Más lejos, difícil; más aislada, imposible.

Con los ojos cerrados, saborea las caricias de sus amantes. Veinte dedos como delicadas tarántulas la recorren de la cabeza a los pies. Un masaje a cuatro manos, que se demoran en ciertas partes de su cuerpo, y ella ronronea de satisfacción. La espalda se arquea, maúlla de placer. Se aferra con las piernas al torso de Edoardo mientras la lengua de Quentin parte de las nalgas, le recorre la espalda y se detiene en el lóbulo de la oreja, hasta que un mordisco un poco más fuerte la saca de la ensoñación.

Emma abre entonces los ojos y grita, lívida. Los aullidos de terror se ahogan en el estrepitoso rugir de las olas.

Estaban tan ensimismados que no se habían fijado en la mano que flotaba en una orilla de las piscinas naturales. El *skua* aguarda. No se atreve a sumergirse en el agua caliente, pero no le quita ojo a la carne con la que espera alimentarse.

Una mano humana, y ni rastro del cuerpo correspondiente.

La pescan, con una repugnancia extrema. Apenas queda sangre. Debe de llevar un buen tiempo cociendo a fuego lento, porque está bien lavada, blanquecina. El pájaro es rápido y se les adelanta, la atrapa con el pico y echa a volar.

Deciden no contar nada a los demás, no provocar histeria. Ya se enterarán. Las malas noticias siempre vuelan. Ni siquiera tienen idea de a quién pertenecía esa extremidad, tan gelatinosa como unas manitas de cerdo.

4.7 Cuando regresan, en Port-aux-Français les espera una fiesta sorpresa de cumpleaños que le han organizado a Quentin en su ausencia los demás invernantes. Quentin y Edo pierden una apuesta, y Emma les rapa con cuidado. Al acabar, se inclina sobre sus nucas y sopla: los rizos castaños y cobrizos caen al suelo. Bailan agarrados y las luces se reflejan en las cabezas relucientes. Parecen, de repente, unas ovejas recién esquiladas. A Olivia le gustaría poder quedarse con esas cabelleras abandonadas, meterlas en la funda de la almohada y respirar el aroma por las noches. Los observa de reojo, celosa de la nueva complicidad evidente establecida entre estos tres. Se tocan demasiado para su gusto. Le está empezando a coger manía a Emma, tan solícita y querida por todos. Envidia su capacidad para ganarse a la gente. Ojalá ella tuviese esa facilidad para hacer amigos; siempre se siente de más, como una intrusa.

La atmósfera está enrarecida a pesar de los esfuerzos conjuntos por fingir regocijo. Emma no se quita de encima cierta desazón: se imagina observada por los espectros de los desaparecidos, que se agolpan fuera del bar y espían a los vivos desde las ventanas, tiritando de un frío del que jamás podrán calentarse. Se pregunta a quién podía haber pertenecido aquella mano, dónde había acabado el cuerpo y, sobre todo, quién la ha cortado. En algún lugar espera el resto del cadáver, o lo que hayan dejado de él las aves carroñeras.

En el mejor de los casos, un manco accidentado camina en las tinieblas, a punto de llegar a la fiesta para explicarlo todo antes de desmayarse y ser atendido por el médico. Quizás, incluso, ya se encuentre en la enfermería, con el muñón cosido y mucha morfina en vena. En el peor, un asesino anda suelto.

Ha tocado una mano sin cuerpo. Una mano de dueño desconocido. No se quita la imagen espeluznante de la cabeza en toda la noche y vigila con inquietud la puerta, como si fuera a llegar el muerto a preguntarles qué han hecho con su mano, por qué no se la han disputado al ave carroñera.

Emma desconfía de los menos locuaces, aunque quizás debería rehuir a los más risueños. Como a Alicia en el país de las maravillas, las botellas le dicen «bébeme». Y bebe: quiere paliar la ansiedad con alcohol, intentar borrar de la mente aquella atrocidad.

Rasca con la uña la etiqueta de la cerveza hasta despegarla y romperla en confetis cada vez más y más diminutos. Luego la emprende con la de Quentin, quien no se ha despegado de ella en toda la noche, para disgusto de Olivia. Mantener las manos ocupadas mitiga el nerviosismo. Los papelitos plateados caen sobre la barra del bar, como minúsculos copos de nieve.

Esa noche Emma soñará con un pájaro que sobrevuela el cielo austral con unos dedos sobresaliendo de un pico ganchudo. En sus pesadillas, la mano seguirá viva y se moverá, frenética, pidiendo ayuda desde las alturas, alejándose poco a poco hasta perderse entre la niebla.

El miedo es una cosa con plumas que se posa en el alma haciendo trizas la esperanza.

5. Nubes y claros

En lo más profundo del invierno, finalmente aprendí que en mi interior habitaba un verano invencible.

Albert Camus
Carnets

5.1 Edoardo querría ser inmortal, eternamente joven; indestructible. Quisiera disponer de un mar de clones con órganos de recambio que cosechar si le fallan los suyos, que le volviesen a crecer los brazos o los dedos si se los cortasen, como cuando se les cae la cola a las lagartijas. O intercambiarlos, al menos, por brazos o dedos biónicos. No le importaría trasladarle la conciencia a un robot, o que su cabeza viviese en una pecera con extensiones metálicas.

Es transhumanista, y un gran hipocondríaco. Cristaliza las angustias en enfermedades, la frontera entre las reales y las ficticias nunca está del todo clara. Para él, la vida es agridulce por antonomasia. Tiene que haber siempre algo que te desvele. En caso contrario, imagina tumores que le florecen en órganos vitales. Acoge las malas noticias casi con alivio, pensando que entonces no morirá de un ictus antes de cumplir los treinta y cinco.

La novedad de la vida en estas tierras y, sobre todo, el ritmo frenético del trabajo de campo que conllevan —hay que aprovechar lo que aquí llaman verano— no le dejan tiempo ni siquiera para cavilar sobre la muerte, a pesar de la mala racha de accidentes que llevan en esta expedición.

En Kerguelen no piensa en la traición de las células malignas que pueden estar creciendo dentro de su cuerpo, ni en el aneurisma que puede sorprenderte en cualquier momento, ni cree que las jaquecas sean síntoma de una enfermedad terminal… Ni siquiera se observa los lunares con minuciosidad obsesiva. Se siente a gusto en las Islas de la Desolación, incluso sano. ¡Quién lo hubiera dicho!

Por primera vez en años, no toma ni ansiolíticos ni somníferos. Se dan tantas palizas con el trabajo de campo que duerme el sueño de los justos en cuanto posa su cabeza morena sobre la almohada blanca, o sobre la litera inmunda de algún refugio perdido. Hay meses que no pisan prácticamente la base, enlazan una salida con otra y pasan por los barracones solo a por conservas y calcetines limpios, que son un bien indispensable para la supervivencia.

Las normas de bioseguridad les exigen lavar todas las pertenencias antes de volver a salir de Port-aux-Français. Lo peor es lidiar con los pegajosísimos restos de acaena. Edo ha tirado uno de sus mejores polares, inservible tras intentar desalojar las bolitas que se habían incrustado en la tela. El truco está en meter los pantalones dentro de las botas de caucho y en ponerse siempre un cortavientos al que no se pegan; es la única manera de evitar el trabajo de tener que quitar luego de la ropa esas semillas infernales.

La *Acaena magellanica*, llamada también cadillo o cepa de caballo de mallín en Argentina y Chile, es una rosácea. Produce unas flores redondas que forman el precioso manto escarlata que recubre el archipiélago durante el verano. Lo malo es que esas flores se convierten luego en frutos que, para desplazarse, se adhieren a todo lo que pillan. Los albatros, siempre impolutos, en esta época no se libran tampoco de transportar alguno de estos frutos entre las plumas del pecho. Es posible que fuera este medio de transporte el que utilizaron las acaenas para viajar hasta Kerguelen y las islas subantárticas desde la Patagonia argentina y chilena.

Tienen un perfume acre que da, en parte, identidad al archipiélago. En Kerguelen no suelen abundar los olores —aparte del relente marino—, y si sopla el viento todavía menos. Cuando amaina, no se percibe nada más que ese sutil aroma de fondo, un poco ácido, de la acaena. Los demás están muy localizados: un efluvio a comida cerca del refectorio, la peste de las algas en descomposición en la costa, el hedor de las colonias de pingüinos... Y el olor penetrante a macho cabrío de los leones marinos que, sobre todo en época de reproducción, anuncia de su presencia incluso desde varios kilómetros de distancia; un olor que teletransporta a Edo a los años de internado, al tufillo a tigre de los muchachos agotados después de correr bajo la lluvia inglesa, medio dormidos en un aula mal ventilada mientras un profesor se afanaba en explicarles nociones básicas de álgebra.

5.2 Edoardo acaba de regresar de Val Studer, a donde habían ido a recoger los datos de la estación microclimática ayudados de un GPS. Primero hizo sol, después empezó a soplar un vendaval, de repente empezó a llover, luego a granizar y al cabo de una hora estaba nevando. Es una locura la velocidad a la que cambia el clima de un momento a otro. La estación estaba a trescientos metros de altitud, lo que dificulta el trabajo y los movimientos. Diez horas de marcha para media hora de trabajo de campo. Recorren muchos kilómetros a pie, más o menos catorce por jornada, a pesar del viento, que obliga a ralentizar el ritmo. Caminar en Kerguelen es complicado y cuesta mucho hacer más de cuatro kilómetros en una hora. No se puede ir más rápido. Hay zonas de musgo donde se hunden hasta las rodillas, son frecuentes las nevadas y granizadas; es mucho peor que la alta montaña. No es fácil avanzar, pero sí perderse.

Hay una necesidad biológica de ver el sol en el cielo, que en esas islas está siempre encapotado; no solo por las vitaminas, sino también por no perder la cordura. Por ese motivo se releva al personal todos los años. No se puede vivir mucho más en un lugar con temperaturas medias de cuatro grados, precipitaciones diarias y un viento del oeste casi permanente de treinta y cinco kilómetros por hora y puntas habituales de ciento veinte.

La sensación térmica la marca la velocidad a la que te enfrías: a más viento, menos tardas. Por eso, y para conservar las orejas, son imprescindibles los gorros de aviador.

Las gafas son también imprescindibles para la supervivencia. Los ojos no aguantan las ráfagas heladoras y se criogenizarían si no las llevaran. La última imagen sería blanca. Verían la nieve y serían nieve: esferas de hielo en un cuerpo aún caliente. Luego se fundirían y las cuencas se quedarían vacías. Perderían las orejas y la punta de la nariz. Serían zombis helados. Cuando volviesen a la civilización, si es que conseguían regresar, tendrían que taparse con pasamontañas para no mostrar los estragos de la congelación; y llevar gafas de ciego para no asustar a los niños.

A Edoardo y a sus dos acompañantes —los protocolos de seguridad establecen que tienen que ir de tres en tres en las salidas al campo y jamás perderse de vista— les cayó una tormenta tremenda encima, aunque lograron encontrar la estación guiados por el GPS. Todavía faltaba lo más complicado: alcanzar el refugio.

Lo malo de las mesetas no es subir, sino bajar. Como la meseta está cortada al mismo nivel por el antiguo glaciar, hay precipicios y grandes extensiones bastante impracticables. Quisieron descender buscando una fisura, una zona con menos pendiente en la pared del fiordo. No encontraron ninguna. No se veía nada a diez metros y el GPS dejó de funcionar.

Se guiaron por la silueta del risco que se dibujaba tras la niebla. Pasado el collado, el río les marcó el camino hasta el valle donde les esperaba el refugio. Andar al lado del agua no es práctico, suele estar embarrado y es trabajoso, aunque es mejor que perderse o despeñarse.

Las condiciones son duras, a menudo extremas. En las cartas de amor que envía a sus muchas amantes las tranquiliza: «No te preocupes, tesoro, a pesar de que las salidas sean muy duras nos lo pasamos bien y vamos con cuidado. Siempre descubrimos algo nuevo: una especie que no habíamos visto, plantas, valles glaciares…». Los filatelistas de todo el mundo aprecian los sellos de las TAAF, en los que aparecen dibujados los animales que pueblan las islas. Lo que Edo no les cuenta es que, al volver de Val Studer, se han encontrado Port-aux-Français en estado de alerta porque ha sido hallada, en el nido de un petrel, la cabeza de Emma. Al ir a anillarle descubrieron los cortos rizos color miel, que llevaba enrollados en las patas. Siguieron al ave hasta el nido, donde les aguardaba una visión que no iban a olvidar fácilmente, pues el petrel había picoteado los carnosos labios color frambuesa y los ojos almendrados. En su lugar, tres cavidades sanguinolentas dibujaban una mueca de ultratumba.

Los petreles las prefieren rubias.

5.3 En un grupo pequeño y aislado, el más mínimo detalle o acontecimiento puede tomar proporciones épicas, pero frente a la ristra de accidentes que se suceden sin tregua los invernantes están paralizados por el terror. Los comentan por lo bajo, en un susurro asustado que recuerda el arrullo de las olas. Fingen no darles mucha importancia, aunque les cuesta conciliar el sueño y sus pensamientos giran constantemente en torno a los desaparecidos.

Podrían haber sido ellos. Se juegan el cuello en cada trabajo de campo; la geografía de la isla es traicionera y la niebla no ayuda. El mayor enemigo en teoría es el clima, pero quizás no sea el causante de todas esas desgracias. Quizás el aislamiento y las duras condiciones meteorológicas hayan hecho mella en uno de ellos. O quizás hayan despertado a una bestia que había permanecido oculta en el corazón de las tinieblas hasta ahora. Los rumores proliferan, cada cual más descabellado. Otros optan por obviar el tema, por esconder la cabeza como un avestruz para negar la evidencia numérica: cada vez son menos, y su isla es cada vez más pequeña. La playa mengua día a día. El océano se acerca peligrosamente a la base. Quentin ha ido midiendo la subida del nivel del mar. Como siga a ese ritmo, acabará por anegar los barracones en pleno invierno austral, y entonces estarán perdidos: no tendrán dónde guarecerse de los vientos furiosos ni de las lluvias constantes.

La histeria sube como la espuma de una cerveza mal tirada hasta rebosar el vaso, y estalla en lágrimas y portazos. El miedo a la muerte, lejos de banalizarse por la acumulación de fallecidos, se convierte en el convidado de piedra. Es una compañía taciturna y silente que no se aparta de su lado.

Las pertenencias de los muertos estorban en los espacios comunes y nadie se atreve a recogerlas: son una colada sin tender, unas botas sucias en la entrada, un puzle a medias. Su ausencia es un silencio, una mesa vacía en la cantina, una cama fría en el barracón, una puerta cerrada. Sus espíritus visitan a los vivos en sueños, se vengan a su manera del olvido que supone la tumba.

Hay quien se las da de Hercules Poirot y emprende investigaciones que no sirven más que para alimentar las teorías conspiratorias. Quizás la bruma esconda un asesino, y ellos juran encontrarlo, pero sus pesquisas no dan fruto en esas tierras estériles.

Al enterarse de la muerte de Emma, Edoardo se encerró en su cuarto y se tomó dos ansiolíticos. No quiso ver el rostro mutilado, quería conservar su último recuerdo de ella, viva y cariñosa, con el largo cuello intacto, y la cabeza pegada al cuerpo. Bastantes fantasmas lleva ya consigo como para sumar alguno nuevo.

Empezando por el de su madre, quien parecía dormida en la bañera de patas de león de bronce, si no hubiera sido por el agua encarnada que salpicaba los azulejos blancos del suelo. Había perdido tanta sangre que parecía una muñeca de porcelana.

Se cortó las venas sin vacilar, en vertical, como es debido. No era una llamada de auxilio, nadie podía salvarla. Veinte años más tarde, Edoardo comprende la decisión de su madre: acababa de recibir por correo postal los resultados de unos análisis que confirmaban que padecía la misma enfermedad que mató a su hermana, degenerativa e incurable. Escogió ahorrarles el espectáculo de la decrepitud.

Ella era acuática, adoraba chapotear. Es lógico que optase por morir rodeada de agua. Y era un bonito cadáver, el suyo, flotando desnudo en una sangre deslavada.

Edoardo se sintió abandonado, pero ahora le agradece el gesto. Fue valiente y generoso por su parte no hacerles cargar con el peso de esa dolencia de nombre impronunciable. Él tiene un cincuenta por ciento de posibilidades de padecer la misma enfermedad, para la que siguen sin encontrar cura, y no se atreve a hacerse las pruebas. Le aterra el precipicio. Tendría que matarse lentamente eligiendo alguna afición peligrosa, ser temerario al volante o drogarse con insistencia.

Justifica así la veleidad amorosa: para qué va a formar una familia o jurar fidelidad a alguien. La otra opción, la de que esté sufriendo anticipadamente por algo que no va a pasar jamás, ni la contempla. Está anclado en un eterno presente. El pasado es demasiado doloroso para vivir en él, y el futuro demasiado sombrío. Si no le diera tanto respeto pasar por el quirófano, se haría una vasectomía, se aseguraría de que no va a transmitir la semilla maldita, de que no va a perpetuar esos genes defectuosos, ni ese sufrimiento incierto.

Ha asumido lo efímero de su existencia. Vive la precariedad del mañana con una intensidad que asusta. Es el último en cerrar los bares, el que más baila, el que más liga. Se aferra a los placeres mundanos como a un clavo ardiendo. Es hedonista por necesidad. Acumula amantes como otros acumulan corbatas, o kilos de más, a lo largo de los años.

Alguna incauta —que quizá sufre de mesianismo— ha aspirado a redimirle, una y otra vez, sin éxito. Se topan con un muro de hielo tras el cual ha emparedado los sentimientos, que pugnan por salir. Pretenden seducirle con proezas acrobáticas en la cama, o con elaboradas comidas caseras, saciando todos sus apetitos. Pero fracasan estrepitosamente y se acaban cansando; bien se amoldan a su mal querer, bien pasan página. De las expectativas de las mujeres Edoardo culpa al romanticismo alemán, a las novelas de Jane Austen y a las comedias de Jennifer Aniston.

Es un depredador especializado en turistas. Con la excusa del intercambio de idiomas, intercambia fluidos. Y de paso aprende portugués, alemán, sueco… Visita a sus queridas en sus lugares de origen. Se ha recorrido el mundo de cama en cama, con vuelos de bajo coste. Ha llegado hasta Nueva York y México, aunque prefiere distancias cortas, visitas de fin de semana, porque la estancia se prolonga demasiado cuando se cruza el charco. Es difícil mantener la guardia tanto tiempo, y el muro de hielo empieza a agrietarse. Se funde con el calor de las sábanas y de la intimidad incipiente. Justo lo que trata de evitar con el sofisticado sistema de cortafuegos entre el sexo y el amor que ha puesto en pie. Después del viaje, los arrebatos pasionales languidecen. Las conversaciones se vacían de letras, y de sentido, hasta que solo intercambian ya emoticonos. Si fuera un cazador de esos que presumen de trofeos colgando cornamentas en las paredes, las cabezas disecadas de las mujeres caídas en sus garras ocuparían toda la casa.

Los amigos piensan que es un crápula adicto al sexo que castiga a las mujeres por el doble abandono sufrido, primero el de la madre y luego el de la esposa. Otros opinan que es un Narciso, un enamorado de su propio reflejo en el agua. Edo les da parcialmente la razón.

Existe algo insano —retorcido incluso— en su donjuanismo. Lo sabe y se perdona. Al fin y al cabo, a don Juan le bastó un instante de compunción para salvarse. Kerguelen representa el intento de acogerse a sagrado. Pretende encontrarse a sí mismo en esa isla desierta.

5.4 Michele, el padre de Edoardo, era embajador en la India, en Nueva Delhi. Contrató a una institutriz francesa muy joven para hacerse cargo de su hijo tras la muerte de su mujer. Élise era guapísima, de quitar el hipo.

Cuando Michele la vio, se quedó mudo durante varios minutos, y después tartamudeó. Edoardo se dio cuenta de que algo iba muy mal al ver a su padre haciendo el ridículo por primera vez en su vida; él, que siempre decía la palabra adecuada en el momento justo, que parecía haber nacido para ser diplomático.

Élise dejó pronto de ocupar el cuartito contiguo a la cocina que le estaba destinado. Pasaba las noches en la habitación principal. Primero a hurtadillas —se oían por el pasillo los pasos quedos y el frufrú del camisón—, luego ya sin disimular. Al final, tomaban el desayuno en la cama de matrimonio los fines de semana. A Michele le duró el luto bien poco.

Se quedó embarazada en la luna de miel, que pasaron en la Costa Azul, mientras Edoardo visitaba a sus abuelos maternos —que sí seguían de luto— en la casa que tenían a orillas del lago de Garda. Por las mañanas daban todos largos paseos, prismático en mano, y le enseñaban a distinguir los matices de los colores de las plumas de los pájaros, a reconocer e imitar su canto. Por las tardes dibujaba los diferentes tipos de aves en un cuaderno de tapas amarillas.

Edoardo descubrió el secreto mundo de los cielos, al que acceden solo algunos iniciados, los que tienen la paciencia necesaria para espiar a unos seres asustadizos y delicados que nunca exigen nada y se contentan con alguna migajita de pan.

Con la autoridad moral que le daba el embarazo, la usurpadora decidió desembarazarse de Edoardo. Convenció a Michele de que el niño necesitaba aprender otra lengua y lo internaron en un colegio en la campiña inglesa.

Edo encuentra en Kerguelen la tranquilidad que da el que todo esté decidido de antemano, una tranquilidad que lo transporta a los años del internado. El uniforme, determinado por la inclemencia del tiempo, la comida, limitada al rancho de la cantina y a los víveres que se llevan a las *Manip*... A pesar de las circunstancias —dignas de un héroe de Dickens— que lo llevaron al internado inglés, hizo amigos allí y fueron unos años buenos. Mientras tanto, Élise tuvo cuatro hijos muy seguidos, a quienes Edoardo no conoció hasta el día del funeral de su padre. Élise iba de punta en blanco, con un vestido entallado, un moño alto y unas gafas de sol que tapaban unos ojos que no lloraban. Una viuda negra, jovencísima, que no derramó ni una lágrima de cocodrilo. Ya no tendría que atender a un cascarrabias, ni someterse a sus manías salaces. Lo enardecía mirarla bañarse, frotar su cuerpo con la esponja, recrearse en la tersura de su carne. Luego se bebía, a pequeños sorbos, el agua de la bañera. O eso le contaron entre susurros las viejas criadas de la casa, quienes nunca tragaron a la usurpadora y no creían que la muerte de Michele fuese accidental.

La última vez que la vio fue en el notario, cuando se leyó el testamento. Élise había conseguido desheredarlo. Edoardo no le perdonó jamás esa traición a su padre muerto, ni a sus hermanos, que eran cómplices de una injusticia, aunque fingieran no haberse dado por enterados. Su madrastra aprovechó para prohibirle la entrada en casa, como a un proscrito. A cambio, Edo no los invitó a su boda, pero no cree que les importase mucho el desaire. No invitó a casi nadie, por otra parte, se trató de una mera formalidad para que a su novia puertorriqueña no la expulsaran del país. Él no creyó darle mucha importancia a su nuevo estado civil, pero cuando ella le dejó y le pidió el divorcio renacieron todos sus demonios, se descargó Tinder y se entregó a un erotismo compulsivo: se ha convertido en un profesional de la seducción gracias a las nuevas tecnologías, al amor líquido del siglo XXI. Sus conquistas apenas sienten el mordisco de la víbora en sus quebradizos cuellos.

5.5 Conmocionados por la cruenta muerte de Emma, Quentin y Edoardo parten hacia Port Elisabeth. Se cruzan con una gata salvaje que lleva a una de sus crías recién nacidas en la boca. Tienen el viento de cara, por lo que no los ha podido ni oler ni oír, y así han conseguido acercarse mucho a ella, demasiado para su gusto. Entonces, la gata los mira y huye a toda prisa, dejando al gatito recién nacido, que apenas abría los párpados, en el suelo. Es posible que tuviese al resto de la camada en la madriguera y prefiriera sobrevivir para poder ocuparse de ellos. El gatito no iba a durar mucho, con los *skuas* merodeando. Quentin piensa que si Emma estuviese allí, con ellos, se metería la cría dentro del abrigo, pegada a su pecho, y le daría leche en polvo con una cuchara nada más llegar al refugio. Seguro que ella hubiese salvado al gatito de morir en las garras de un ave rapaz. Si Emma no hubiese muerto, ese animal hubiera sobrevivido.

Llegan, agotados y taciturnos, a su destino: un refugio en forma de iglú, muy vistoso aunque poco práctico. Esa noche sopla viento del sur, que viene de la Antártida, y se cuela por unas fisuras del refugio, no excesivamente grandes, pero que dejan pasar mucho viento. Las tapan con cinta aislante, bloquean la puerta con un par de colchonetas y, aún así, a pesar de ser tres personas en un espacio muy pequeño, registran un grado bajo cero en el interior. Duermen poco y mal.

Por la mañana, se dirigen a la desembocadura de un río que antes de lanzarse al mar forma un pequeño lago, en donde los esperan unos bebés de elefantes marinos. Cuando se aproximan a ellos, vienen a curiosear; son su divertimento.

El laguito es una guardería perfecta en el que las crías pueden jugar durante unos meses sin temor a sus depredadores, las orcas. Necesitan perder peso si quieren conseguir bucear. Como la grasa pesa menos que el músculo, cuando su madre les desteta tienen una densidad corporal muy baja: son unas bolas de grasa de entre ochenta y ciento veinte kilos que no conseguirían bucear porque la grasa flota, con lo que se quedarían sin peces. Mientras, se dedican a jugar, a entrenarse para las peleas y para el buceo, y a nadar. Durante ese periodo van perdiendo grasa y cogiendo músculo. Cuando su densidad corporal aumenta lo suficiente, van al mar.

Edoardo piensa también en Emma, en lo emocionada que hubiera estado al ver tan de cerca a esas crías tan graciosas que les mordisquean las botas, y algo se resquebraja en su interior, como placas de hielo crujientes que se hiciesen añicos bajo sus pisadas. Se seca las lágrimas con disimulo mientras los bebés de elefantes marinos, como buenos cachorritos curiosos, lo empujan con el hocico. Todavía no les han salido los dientes, aunque tienen bastante fuerza. Conviene estar atento para que no te lastimen y haya que enterrar otro pie en el atestado cementerio del archipiélago.

El persistente viento salado, que no perdona ni a los muertos, ha blanqueado la madera de las maltrechas cruces que indican el emplazamiento de las tumbas. Los hay de muchas nacionalidades: noruegos, ingleses, franceses… e incluso algún alemán, pues hasta aquí llegaron los ecos de la Segunda Guerra Mundial.

5.6 La siguiente salida que les toca es el *tour* Courbet: deben recorrer el este de la península. Es un valle sedimentario, llano pero bonito —al menos en su parte de costa—, y el camino esta vez es fácil y sin desniveles. No hacen más de treinta kilómetros al día porque van cargados con todo el material necesario para los muestreos.

Solo franquean un paso algo complicado, la desembocadura del Lac Marville, un lago enorme que se tarda horas en rodear, pues hay que salvar también los afluentes, cuya fuerza y profundidad dependen de las últimas lluvias y de la marea. Planifican el paso por esta zona con un calendario de mareas, aunque a veces no les queda más remedio que vadearlo con la marea alta, con el agua hasta la cintura, arrinconados entre el afluente y las olas del mar, sorteando los elefantes marinos que nadan en él. Tienen dos opciones: mojarse la ropa —a pesar de llevar unos pantalones impermeables encima de los de montaña y unas cintas de caucho para atarlos a las botas e impedir que entre el agua— o desnudarse de cintura para abajo, pasar con los zuecos —imprescindibles para no destrozarse los pies— y volverse a vestir con la ropa seca una vez llegados al otro lado.

Ratmanoff es una de las colonias de pingüinos reales más grandes del archipiélago y cuenta con unas trescientas mil parejas reproductoras. Está en pleno esplendor. Hay tantos que no saben a cuál mirar. Pasan una semana trabajando con los pingüinos, que son pequeños pero matones, escurridizos y difíciles de capturar. Tienen muchísima fuerza y se defienden con las alas. Quentin y Edo acaban llenos de moratones. Diluvia y como están mojados no pueden manipularlos, así que se pasan varios días cocinando, comiendo y leyendo, a la espera de que amaine.

De regreso de Ratmanoff, lo habitual es llamar por radio para que te vengan a buscar en coche a Fusov. Es una antigua estación de despegue, situada a cinco kilómetros de Port-aux-Français y rodeada de restos de cohetes rusos clavados en el suelo. Es lo que queda de una antigua colaboración entre el Gobierno francés y el ruso: los cohetes generaban corrientes eléctricas en la ionosfera para provocar auroras boreales en el hemisferio norte. Esta vez, a los de la base se les ha ocurrido gastarles una broma pesada: les han dejado abierta pero sin llaves la camioneta con la que deberían haber venido a buscarlos, y con tres bicicletas dentro. Después de los veinticuatro kilómetros a pie, han tenido que hacer cinco más en bicicleta hasta la base, con la mochila a cuestas y el viento de frente.

Quentin, nada más llegar, se ha dado una ducha caliente, ha cenado y se ha metido en la cama. No cree haber estado jamás tan cansado. La resistencia física tiene un límite, y lo ha sobrepasado.

5.7 Quentin acompaña a Edo y a los demás ornitólogos en su penúltima salida de campo de la temporada, aunque todavía no se ha recuperado de las anteriores; la muerte de Emma le ha afectado mucho y está alicaído. Además, se hizo un poco de daño en el pie en el *tour* Courbet. Le duele el talón al andar. No es grave, solo un rozamiento con las botas. Cuando camina con los zuecos por la base no le molesta.

Sourcils Noirs es una de las zonas más recluidas de la isla, cuya protección es casi integral: un santuario. Da bastante vértigo, con esos acantilados tan abruptos. La caída sería mortal. Se llama así por el tipo de albatros que anidan en las laderas empinadas. Son blancos, pero parece que se han puesto sombra de ojos, de ahí su nombre. De las veintidós especies de albatros que existen en el mundo, dieciocho están en peligro de extinción, en parte porque durante el siglo XIX se comercializaron sus plumas, muy apreciadas para sombrerería femenina. Eran un símbolo de poder y llegaron a valer su peso en oro. Su exotismo causaba furor en los salones elegantes.

Quentin y Edoardo, que tienen la misión de anillar a las crías de los albatros, deben agarrarlas del pico y placarlas. Hay que concentrarse en la tarea, y es mejor no extraviar los guantes si quieres conservar los dedos; ni el casco, porque la colonia está en pendiente y las aves a las que acaban de anillar se encuentran a la altura de sus cabezas. Se sienten amenazadas y se defienden. Quieren expulsar a los intrusos y, además de los picotazos, les vomitan en la ropa, que apesta ya para siempre a pescado fermentado.

Los albatros pueden recorrer más de veinte mil kilómetros sin posarse. Son los centinelas del cambio climático. Siguen un compás secreto: las diferentes temperaturas en las corrientes del aire y del mar. Los científicos se arriesgan a recibir un picotazo de un polluelo grande como un perro con el fin de recabar los valiosos datos que les proporcionan las modificaciones anuales de sus patrones de comportamiento.

Los investigadores no se limitan a estudiar el comportamiento de los albatros. También emplean minúsculos equipos de rastreo para controlar la menuda golondrina ártica. A lo largo de su vida migra alrededor de dos millones y medio de kilómetros, equivalentes a tres viajes a la Luna, de ida y vuelta. Es la migración más larga del mundo. Esa ave tan diminuta pesa poco más de cien gramos y zigzaguea entre Groenlandia y la Antártida. En lugar de ir en línea recta, se desvía, saltando de África a Sudamérica y al Ártico. Para evitar volar contra el viento, sus rutas siguen patrones atmosféricos de enormes corrientes de aire que se mueven en espiral, pero, en los últimos años, se están produciendo variaciones significativas en esos itinerarios. La hipótesis principal es que los ecosistemas cambiantes ya no les garantizan las mismas fuentes de alimentos y que los ricos campos de alimentación polares ya no lo son tanto.

El frente polar de la Antártida retrocede más o menos un kilómetro todos los años, alejándose de Kerguelen. En el frente es donde se encuentran aguas de distintas densidades y temperaturas, donde se dan unas condiciones determinadas que hacen que haya más peces. Por tanto, los animales que crían en esas islas deben nadar dos kilómetros más cada año para conseguir comida. Sus días están contados. Pronto no quedarán leones marinos en Kerguelen. Además, los invernantes miden el agua dulce que viene de los glaciares, erosionados por corrientes subterráneas de aguas marinas calientes. Obtienen esa información gracias a los instrumentos que les incrustan a los elefantes marinos. Miden la salinidad, la temperatura y la profundidad de las aguas en las que bucean.

Dan algunas pistas, pruebas que esgrimir ante los negacionistas del cambio climático: la velocidad del deshielo del glaciar Cook, el más grande de Francia (ciento cincuenta metros al año), las nieves eternas de las cumbres de Kerguelen, que ya han dejado de serlo, y los veranos cada vez más secos del archipiélago. Recabar esos datos es necesario, aunque solo sea por consignar —antes del colapso— el fin de una era. Habría que explicarles a esos escépticos que el ecologismo no trata solo de salvar a las ballenas, sino también el pellejo. El planeta ya ha vivido varias extinciones masivas, y la próxima está en marcha. Los icebergs, de una belleza efímera y cambiante, son el canto del cisne de la naturaleza moribunda.

5.8 Llega el mes de abril, y con él, el invierno. Se acabó el verano austral y el buen tiempo, los días se hacen cada vez más cortos y los animales empiezan a irse de las playas en las que durante el verano cuesta abrirse paso entre los harenes de elefantes marinos.

El viento borra las huellas de las pisadas. La nieve lo cubre todo y se pierden las referencias espaciales. Acaban mareados. No hay visión de profundidad. Los seres y las cosas pierden sus contornos. Les castañetean los dientes y cuelgan carámbanos de las barbas escarchadas. Todo es blanco y frío.

Cuando te arrolla un alud, si quieres saber dónde queda el cielo y dónde la tierra tienes que escupir. Si la baba te cae en la cara, estás boca arriba y debes desenterrarte con las manos. Si cae en la nieve, estás boca abajo y como se te ocurra escarbar estarás cavando tu propia tumba.

Con tres grados centígrados de máxima no pueden trabajar: hay demasiada nieve. Y más vale no tocar las estaciones meteorológicas sepultadas bajo una gruesa capa de hielo, porque se alteran los resultados. Así que dan paseos y luego vuelven al refugio a cocinar y a jugar al Citadelle. Les va a costar adaptarse a la vuelta.

En las dos últimas semanas no han tenido un solo día sin lluvia o nieve. Prolongaron la estancia en Cap Cotter porque había demasiado viento: ciento cincuenta y tres kilómetros por hora registrados en la base, situada en una zona un poco más protegida. Se quedaron resguardados en la cabaña leyendo y jugando a las cartas, pero la inevitable salida para orinar se convertía en todo un desafío, al tener que, a fuerza de ensayo y error, encontrar el ángulo en el que ponerse para no mojarse (doscientos setenta grados de espaldas al viento). Quentin tenía los guantes mojados y cayó una ventisca. A partir de ahora llevará otros de recambio. Al llegar al refugio, con las manos azuladas aferró una taza de té e hizo que entraran en calor poco a poco.

El aire glacial abrasa los pulmones y corta como un cuchillo.

6. Iglú

Sentía una llamada.
Sentía el fuego más allá de la zarza.

CLARA JANÉS

6.1 La nieve virgen amortigua los pasos de Quentin, Olivia y Edoardo. Han iniciado la caminata hacia la cabaña del otro lado de la isla con esa emoción que da romper la rutina. Hartos de las eternas barracas de Port-aux-Français, se han callado porque prefieren escuchar mejor un silencio tan denso que casi se puede tocar. Es muy raro en el archipiélago, posible, pero no frecuente: por un instante, el viento ha parado y el tiempo parece haberse parado con él.

Enfrentados a sí mismos y a la blancura de la nieve en esa isla del fin del mundo, van en fila india, pensando cada uno en su montaña mágica, ese fuerte inexpugnable en donde guardan sus recuerdos felices, sus amores perdidos. Para Quentin son los Alpes y la mermelada casera, para Edoardo el lago de Garda, para Olivia la playa de Gerra y los pendientes de su abuela, a quien lleva de paseo con ella cada vez que se los pone. Le enseña el mundo a la única persona de su familia que llegó a entenderla. Edoardo, por su parte, se pregunta qué será de su mujer, con quien está tramitando el divorcio y cuántos terneros habrán parido este año las vacas del vecino.

El tiempo, que tan rápido discurre lejos de esas islas, allí se detiene. Los ritmos son distintos, más pausados. Sin embargo, también se percibe con nitidez el paso de las estaciones.

Han viajado a las tierras australes antárticas a estudiar el cambio climático que amenaza con destruir a una humanidad inconsciente y suicida. Registran, con meticulosidad y el ceño fruncido, alteraciones nunca vistas en la flora y en la fauna del archipiélago. Temen el advenimiento del Apocalipsis. Esa isla remota no les parece un mal sitio en el que esperar, estudiando los signos que predicen su llegada, el cataclismo que se avecina: leen arcanos en el vuelo de las aves, profecías en los dibujos que trazan en los cielos…

6.2 Unas gotas de sangre cárdena en la nieve revelan la presencia de un gato salvaje que ha jugueteado con su presa, un conejo que se ha intentado refugiar, moribundo, en la madriguera, sin conseguir llegar a ella. Son sádicos, piensa Quentin, estremecido, no matan para comer, sino por diversión. Su gato, que se chamuscó en el incendio junto con sus padres y las hormigas, con todos los seres a los que alguna vez quiso, tenía la extraña costumbre de depositar a sus pies, muy ufano, ofrendas de pájaros y ratones muertos.

La sangre se diluye en una paleta de colores descendente, del bermellón intenso a un rosa desvaído. La mancha resultante es de una hermosura hipnótica; como un sorbete de frambuesa: apetecible, refrescante.

El cadáver del conejo está aún caliente. El gato salvaje no debe de andar muy lejos. Quizás haya soltado a su presa al sentirse amenazado, para correr más rápido. Se han desviado un poco, en pos de la estela de sangre, y Olivia se inquieta. «Tranquila, no seas histérica», le responden gallitos, «conocemos bien la isla, atajaremos. Llegaremos a la cabaña antes de que se ponga el sol; después veremos las auroras australes con unas copas de vino».

Se levanta una neblina que hace aún más irreal el ambiente. Creen ver a lo lejos la cornamenta de un reno, descendiente de los seis que alguien introdujo en 1955: un macho y cinco hembras. Los soltaron en la Île Haute, pero una parte del rebaño nadó, cruzando el mar, hasta la Grande Île. Hacer el censo es demasiado complejo, no se sabe cuántos ejemplares viven en el archipiélago. Cuando los cazan, los despiezan en el acto y la carne aguanta perfectamente todo el viaje de vuelta a la base. Gracias al frío, no hay problemas de conservación.

La perturbación del ecosistema que podía llegar a ocasionar la introducción de una especie no endémica en una reserva natural se justificó en su día porque podía convertirse en un suministro de carne y de leche, recursos preciosos para los invernantes si los barcos se retrasaban. El reno parecía el único rumiante domesticable y reproducible en esas tierras inhóspitas —no en vano son los aurigas que tiran del trineo en el refugio nevado de Santa Claus—, pues se nutre exclusivamente de musgos y líquenes durante todo el invierno austral. Pretendían también utilizarlo como bestia de carga en las regiones montañosas de difícil acceso para los vehículos terrestres, pero eso ya fueron delirios de una imaginación desbocada inspirados en la nariz roja de Rudolph y que ninguno de los habitantes del archipiélago logró llevar a cabo. Aunque los lapones los domesticaron ya en el siglo XI y los pastores sami en Noruega siguen haciendo trashumancias con ellos, la población de las Islas de la Desolación es demasiado cambiante como para tomarse el amaestramiento en serio. Se perderían los conocimientos con cada relevo y los renos aprovecharían para asilvestrarse de nuevo.

Hasta hace unos años, se creía que el reno era el único mamífero capaz de percibir la luz ultravioleta. La capacidad de percibir una luz invisible a los demás animales es una ventaja evolutiva —compartida con los reptiles, las aves, las abejas y, como se ha descubierto hace poco, con los gatos— que les facilita la adaptación al medio. Primero, porque la luz excesiva no los ciega en los días soleados y nevados. Segundo, porque pueden ver mucho mejor ciertas cosas que —al absorber la luz ultravioleta— parecen negras sin serlo, pues contrastan con la nieve. Así, los renos distinguen de lejos el liquen, y los gatos salvajes el pelaje de los conejos.

Emocionados por la aparición de la cornamenta, un oasis en el desierto, se desvían todavía más. Kerguelen está lleno de espejismos. Ya no van en fila india, sino cada cual a su aire, en pos del reno avistado. En invierno están más dispersos y en verano, con suerte, se llegan a ver hasta doscientos juntos. Es algo impresionante.

Quentin ha sacado la cámara de fotos. Quiere retratar a todos los bichos del archipiélago, grandes y pequeños. Se empeña en sacarles primeros planos a los leones marinos, que ya le han soltado algún mordisco del que se ha librado por los pelos. Todavía no ha conseguido fotografiar uno de esos míticos renos. Entre el atardecer y la niebla, va a ser una toma espectacular. O eso espera.

De pronto, se cruzan en su camino no solo uno, sino tres renos, tan altos como él, majestuosos. El pelaje se confunde con la nieve. Lucen cornamentas grandes como árboles cuyas ramas se pierden en la bruma. Quentin toma fotografías, concentrado en la tarea y dando pequeños pasos con la intención de ir aproximándose a los animales, que lo miran impasibles. Se acerca demasiado, y entonces escapan, veloces, monte arriba. Siempre huyen hacia las alturas, es la mejor estrategia.

Al tratar de alcanzarles, se cae en un humedal. Los pantalones se llevan en Kerguelen por dentro de las botas, para evitar que la capilaridad de los tejidos haga de las suyas, pues si entra líquido en ellas la suerte está echada. Mientras camina, la succión produce un gorgoteo. Cojea un poco todavía, pues le vuelve a molestar el talón que le lleva doliendo desde que volvió del *tour* Courbet. No ve a sus compañeros, por suerte tampoco a ninguno de esos gatos malévolos. Tal vez alcance la cabaña antes del anochecer. Si no, tendrá que recordar a toda prisa las indicaciones del curso de supervivencia que les dieron en el Instituto Polar de Brest.

De pronto, vuelve a soplar el viento con violencia; se levanta una ventisca que alcanza más nudos de los que soportaría un hombre a la intemperie en esa peculiar geografía desolada. Incluso los gatos salvajes se esconden cuando el tiempo es demasiado malo, a no ser que tengan mucho apetito… Quentin enciende la luz del frontal. Distingue unas rocas bajo las que refugiarse, se ovilla, tras sacar de la mochila todas las capas de ropa que puede ponerse, y se da pellizcos para no dormirse clavándose las uñas en la palma de la mano hasta dejarse marcas. No ha metido en la mochila una manta térmica, como de papel de plata, que hace milagros. Un olvido imperdonable, que espera no pagar demasiado caro. Con una punzada de celos, Quentin piensa que Edoardo y Olivia tendrán la cabaña para ellos solos.

Tras un repaso silencioso de las posibles identidades de los inquilinos de su guarida, se tranquiliza con la certeza, científica al menos, de que en las islas Kerguelen no mora ningún gran depredador. Tal vez esta sea la madriguera de Cthulhu. Quizás muera aplastado al amanecer por la manada de renos, asaeteado por esa cornamenta tan vistosa. O es posible que los grandes cuerpos de esos mamíferos le diesen el calor necesario para pasar la noche si se refugiaran juntos de la tormenta. Sería como dormir entre peluches gigantes y cálidos, retornar al útero, cruzar la frontera que separa la civilización de la naturaleza.

Al rato, Quentin ya no siente los pies, pero sí las rodillas, que le duelen del frío. Le despierta una presencia en su guarida improvisada. Hay alguien, algo más, en esa boca de lobo. Abre los párpados a regañadientes y se encuentra con un gato negro como el petróleo, cosido a cicatrices, frente a él. Los colmillos blancos son dagas puntiagudas que relucen en las tinieblas. Seguramente, la alimaña esté esperando la ocasión de saltarle a la garganta y de beberse su sangre. Quentin se plantea salir, aunque sería un suicidio cederle su puesto en la cueva. Tendrán que aguardar juntos al alba.

El felino se va acercando y Quentin, aterrado, no se mueve. «Ahora es cuando me saca los ojos, se los traga, los vomita, y después juega con ellos hasta que se aburre», acierta a pensar. El gato salvaje se le acuesta encima de los pies ateridos, se acurruca y se duerme. Quentin valora aplastarle la cabeza con una piedra para salvar los globos oculares, pero luego empieza a sentir calorcito. Recita la tabla del siete —la más difícil— obsesivamente porque no quiere ceder a un sopor potencialmente letal, mientras vigila de reojo la respiración del monstruito, que ronronea, en apariencia inofensivo; adorable, incluso. Emma se hubiese puesto tan contenta en su lugar, pero ahora yace con todos los demás muertos en el cementerio de esa isla maldita. La echa mucho de menos y se pone tristísimo al pensar en ella, en su risa contagiosa y sus ojos chispeantes.

6.3 Olivia y Edoardo se han parado a disfrutar del paisaje, o esa sería la excusa que iban a dar a los demás al día siguiente. En realidad, se sienten atraídos el uno por el otro desde que se cruzaron en el barco, una tarde en que subieron a cubierta, a pesar de estar en zona naranja —con olas de seis y siete metros—, para respirar un poco de aire marino, escapar de la claustrofobia de la larga travesía y, con suerte, ver alguna ballena albina. No han estado a solas desde entonces y, al ver a Quentin emocionado tras la pista de los renos, aminoraron el paso. Nerviosos, con la sonrisa de la anticipación del sexo que se ha hecho esperar y desear.

Edoardo le propone a Olivia aprovechar la nieve para construir un iglú y luego tomar un atajo para reunirse con Quentin en el refugio. Ella se emociona con la idea. Siempre ha fantaseado con los iglús, desde pequeña, cuando los veía en documentales y en dibujos animados. El refugio más exótico e increíble que uno pueda imaginar.

Edoardo es guía de montaña. Compacta la nieve que apila en bloques con verdadera técnica. Olivia se convierte en su ayudante. Ella trae más y más nieve que él moldea.

No siente pasar el tiempo mientras hacen una cama de hielo. Tras poner el último bloque, se alejan y contemplan su casita de nieve. Olivia piensa que, si hubiera estado allí Quentin, le habría hecho unas fotos magníficas, pero entonces probablemente no lo habrían construido.

Olivia se adentra en el iglú, con las piernas temblando de excitación. El deseo aletea delante de ella como una mariposa, indicando el camino. Duda un momento, presa de vértigo por el paso que está dando, una caída sin remedio al precipicio de un ansia voraz. Titubea, pero reconoce en Edoardo, como en un espejo, el reflejo de su necesidad y la urgencia de ceder a ella. Extienden en el suelo los abrigos y las mantas que traen en las mochilas, ligerísimas y plateadas, como de astronautas. Se quitan los guantes y los gorros.

Se miran y, sin mediar palabra, se besan con la avidez de los sedientos. Se desnudan. Olivia acaricia aquel torso bien torneado, de aureolas violetas, tan diferente del suyo, de aureolas rosadas, casi transparentes, atravesado de venas, serpientes azules en la nieve.

Edoardo le lame todo el cuerpo, como si quisiera recordar cada surco. Su boca es una anémona. Han caído todos los velos.

Olivia no cuenta con almohadas a mano que morder, como acostumbra. Siempre se reprime. Le da vergüenza ajena el furor de bestia en celo. Esta vez sus gemidos son bramidos de éxtasis.

Se pliega bajo las manos que la moldean y no escucha los maullidos del viento golpeando las paredes del iglú. Parece imposible que el calor que desprenden no derrita el hielo. Puede que acaben desnudos en medio de un glaciar: los exploradores descubrirán sus cuerpos intrincados y congelados, en la cima del placer.

No se dan cuenta de que se ha levantado la ventisca hasta más tarde, cuando ya resulta demasiado imprudente salir de su nido de amor helado. Ante el peligro de la muerte por congelación, se renueva el deseo. Se acariciarán toda la noche. Harán piel con piel como las madres con sus bebés recién nacidos. Todo por no sucumbir al frío. Y por no romper el hechizo del encuentro.

El pecho de su amante retumba en el interior del iglú. Olivia teme que el calor atraiga a las fieras y que alguno de esos gatos que no consiguió domesticar Emma les ataque si se duerme y le arranque un pezón. Se siente expuesta, vulnerable en su desnudez.

Ha visto gaviotas tuertas, y tullidas, tras escapar a duras penas de las garras de un gato salvaje. Se pregunta cuál escogería, si el pezón oscuro como una mora del italiano, o el suyo, que apenas se distingue de la nieve. Sonríe para sí al llegar a la conclusión de que, sin duda, se llevarán el de Edoardo, más vistoso.

Se imagina un gato disfrazado de Shylock que exige ser pagado en carne por unas deudas que, en este caso, son pecados; y graves. La lujuria los ha llevado a no seguir a su guía, Quentin, cuya supervivencia pende de un hilo si no ha logrado llegar al refugio.

El pérfido deseo ha ido trepando por sus piernas, como una enredadera, hasta cubrir cada palmo de sus cuerpos. Están solos en un mundo que se desvanece. Son Adán y Eva en un universo blanco y silencioso.

Si hubiera una tercera guerra mundial y los continentes estallaran en migajas, ellos seguirían vivos. Repoblarían la isla desde su iglú, como robinsones modernos. O vivirían entre animales mientras subían las aguas y sumergían estas tierras, perspectiva bastante probable si se seguían derritiendo los glaciares.

Olivia no quiere que la noche acabe, que el día llegue y con él la incertidumbre. Anhela ser solo carne durante un ratito más, en la complicidad saciada, antes de que la nitidez de la luz del sol lo estropee todo. Se desliza por las oleadas de calor hasta la orilla de su deseo, bajo la cúpula de nieve que los protege. No existe más que el presente. Deja de verse a sí misma desde fuera y se adentra en su cuerpo, lo habita y lo descubre de la mano del otro.

Sopesa seriamente la idea de meterle a Edoardo un guante en la boca para que deje de roncar. O hacer con él un muñeco de nieve, como cuando jugaba con su amiga Jimena a enterrarse en la arena de playa. O vestirse, salir corriendo del iglú y aplastarlo. Como una mantis religiosa.

Le falta determinación. Le aterra que la descubran —ha tenido una suerte inusitada hasta ahora—, aunque la idea le parece, sin duda, atractiva. Quizás por esa indefensión del durmiente. Una máscara de hielo ahogaría a Edoardo y le permitiría a ella acostarse a su vera y conciliar por fin el sueño, convirtiendo el iglú en un sarcófago con el que viajar hacia el crepúsculo.

Están tan lejos de la civilización, a quince días en barco de Reunión, que podría acabar con la población de Kerguelen en un arranque asesino y no la interrumpirían. Sobre todo, si fuera dejando a sus amantes sepultos bajo la nieve tras la pasión. Sus cuerpos se conservarían intactos, ella los despiezaría y tendría comida abundante. Sería la última superviviente y portaría en su vientre al hijo de alguno de ellos. Si llevara a cabo su empresa con discreción, nadie recelaría de una chica de apariencia tan cándida.

El aislamiento geográfico alimenta las fantasías de destrucción y el sentimiento de impunidad de Olivia, quien rememora la trama de *Diez negritos*, al tiempo que vigila el latido del corazón de Edoardo. Acompasa su respiración a la de él y trata de dormir. Este gruñe en sueños y le da una patada. Olivia se despierta y se arrebuja entre los abrigos extendidos en el suelo. Se topa con algo duro: la cartera de Edoardo. De piel, vieja pero distinguida, y cara, no le cabe duda. La abre y cae en su regazo un anillo de casado.

Lo sabía: había gato encerrado. Ha encontrado la tara. Edo es un juguetito precioso, pero está roto por dentro. Da el pego, hasta que descubres que no hay forma de restaurarlo.

Pertenece al club de esos hombres que se atrincheran en la nostalgia. Se quedan atascados, mirando hacia el pasado, y dejan pasar la juventud lamentando un primer amor marchito. No recapacitan nunca, sufren una incapacidad sentimental. Otro tipo de gatillazo, en realidad, más aceptable para la imagen que tienen de su virilidad triunfante, pero más dañino a la larga.

Olivia acaricia el anillo, con el que querría que Edo se atragantase. Se acuerda, con una punzada de dolor, de aquella vez que encontró un sujetador que no era el suyo, por la mañana, en la mesilla de noche de su amante habitual, quien balbuceó algo sobre el poliamor con la intención de quitarle hierro, mientras ella se vestía a toda prisa para alejarse lo antes posible de esa cama y esa casa, a las que no volvería, y no llegar tarde al trabajo con el rímel corrido.

«Ahora te vas a enterar». Le pone el anillo, con cuidado. Tira de los abrigos en los que yacen y le arrastra fuera del iglú. Se viste, enfurruñada, y se dispone a partir en busca de Quentin, dejando a Edoardo, abandonado, a la intemperie. ¿Cómo es posible que no se inmute, con el frío que hace? Para asegurarse de que no va a despertar, le sujeta la cabeza con los muslos y le inyecta en el cuello una dosis de caballo de ketamina. No pueden quedar cabos sueltos.

La muerte por hipotermia es apacible, dulce e indolora. Poco a poco el corazón deja de latir, aunque no tendrá esa suerte. Las aves rapaces no tardarán en llegar y en despedazar el cuerpo aletargado: empezarán por picotear los genitales todavía humeantes. Así, no quedará rastro. Sin cadáver no hay crimen. Sin crimen no hay castigo.

Ha habido muchos muertos entre los investigadores que han viajado a las TAAF desde que instauraron el programa, esa es la parte que jamás te cuentan en las entrevistas. Cinco horas de charla con el psicólogo para determinar si eres apta para ser enviada a una isla desierta, pero ni una referencia a los peligros de la expedición, más allá de la típica hoja de descargo. Carne de cañón para la ciencia.

El archipiélago está plagado de tumbas, pasean por un cementerio. Los petreles gigantes, que son como dinosaurios —como una especie muy antigua que se hubiese estancado—, siempre esconden algún huesecillo sospechoso en el nido. Han probado el sabor de la carne humana. A la luz de la lumbre, se escuchan escalofriantes historias que le sucedieron a la expedición anterior, nunca confirmadas, alimentadas por algún listillo que pretende sembrar el terror y que para ello no escatima detalles escabrosos. Pero lo cierto es que no todos los héroes sobreviven a sus epopeyas.

6.4 La ventisca ha dejado paso a un silencio amortiguado. Resuenan en sus oídos los latidos de su corazón, el crujido de la nieve bajo los pies y el ruido de su respiración, que forma vahos en el aire gélido de la madrugada. Se acerca a la costa y se sienta a contemplar los icebergs que se perfilan, intimidatorios, en el horizonte, cogiendo fuerzas. Queda un rato largo hasta el refugio más cercano, menos mal que se ha acordado de saquear los víveres de Edoardo antes de marcharse. Olivia es consciente de que los alimentos van a ser el principal problema en los días que están por llegar. Se sienten más aislados, más abandonados y más frágiles que nunca. La distancia con el mundo real y el nivel del agua del mar crecen al mismo ritmo que las preocupaciones.

Se sienta en una roca y abre una lata de sardinas de su botín. La comparte con un pequeño pingüino *papu* muy cotilla que se le ha acercado mientras descansaba. Bebe el aceite del fondo, lo lame, concienzuda; no es cuestión de desperdiciar calorías. Si no llega en las próximas semanas el buque con el aprovisionamiento, pronto pasarán hambre. Ha oído a los militares discutir sobre ello. Pescan más a menudo en los ríos y en el mar, pretenden que duren más las reservas. Y cazan conejos, que son siempre los primeros en caer: demasiado acostumbrados a los humanos, demasiado poco miedosos.

Cada vez están más escuálidos. Y eso que en invierno es indispensable engordar un poco para aguantar el frío. Todos echan de menos ciertas comidas, a pesar de que los cocineros no son malos y hacen lo que pueden con las escasas provisiones de Port-aux-Français. Las raciones son cada vez más y más pequeñas, las guarniciones inexistentes. Se han acabado ya todos los alimentos con hidratos de carbono, menos la harina.

Todos se alegrarán secretamente de poderse distribuir las raciones de los desaparecidos, pero nadie lo confiesa, claro. Hay un abismo entre los pensamientos y las palabras. Por eso a Olivia le fascinan los lunáticos. No tienen filtro, sus palabras van cargadas de sentido, aunque sea uno que solo ellos entienden. No llevan puesta la máscara de la hipocresía. Son libres en su locura.

El contrato social se basa en la mentira. Sonreír y callar —o hablar diciendo lo contrario de lo que piensas— son dos estrategias igualmente válidas en diplomacia, necesarias para la perpetuación de la humanidad. Disimular, a toda costa. Y no acercarse en ningún caso a esa entelequia tan sobrevalorada: la verdad. Es una ilusión. El pensamiento va más rápido que la lengua y, aunque no lo fuera, las palabras son una impostura, un acercamiento impreciso. Hay sentimientos imposibles de traducir en palabras del mismo modo que hay pensamientos inconfesables. Menos mal que la verdad no existe. Si se pudiera enunciar, se declararía la tercera guerra mundial. La naturaleza reclamaría la tierra; y la reconquistaría.

En caso de catástrofe nuclear, las islas Kerguelen serían uno de los lugares más seguros del planeta, el mejor refugio. Las partículas contaminantes no viajarían tan lejos por el aire. Se posarían mucho antes. Quizás fuesen los últimos supervivientes de la tierra, aunque no sobrevivirían tampoco mucho tiempo. Los recursos del archipiélago no son suficientes para autoabastecerse. Dependen completamente del exterior. La llegada del Marion Dufresne II es su única esperanza, aunque se está haciendo de rogar y desoye las peticiones de auxilio, cada vez más y más apremiantes.

Machaca la lata con una piedra hasta aplanarla y la guarda en la mochila. Se levanta y se pone en marcha. El *papu* la acompaña un trecho, graciosísimo. Corre detrás de ella con las alas abiertas para equilibrarse, pero va demasiado despacio y acaba por dejarlo atrás. Cuando llega al refugio, Quentin ha puesto la mesa para tres y está cocinando. Para despistar, como si no hubiera pasado la noche con él, como si no se hubiera cerciorado de que no iba a volver a despertarse, Olivia le pregunta a Quentin por Edoardo y desvía la mirada al leerle la desesperación en los ojos.

7.
Hambre

Blanca paz invernal reinaba en la pequeña guarnición. Y negra y roja aleteaba la muerte sobre sus cabezas en la penumbra del cuartito de atrás de la confitería.

JOSEPH ROTH,
La marcha Radetzky

7.1 Quentin escruta el océano con impaciencia y sufre espejismos cada dos por tres: confunde los témpanos que circulan por un mar encrespado con la silueta del Marion Dufresne II —que sigue sin asomar por el horizonte—. Sueña con un barco fantasma que emerge entre la bruma y pasa de largo.

Pronto empezarán a escasear los víveres. Si no los mata antes el hambre, morirán de frío, uno tras otro, en ese sur gélido y despiadado. Las horas de luz se reducen, y pocos se alejan ya demasiado de Port-aux-Français. Las violentas ráfagas de viento vienen acompañadas de lluvia, nieve o granizo; raramente amaina. No sabían lo que era el viento hasta que llegaron a estas latitudes.

El aire helado hace daño al respirar, como un puñetazo en la nariz o un mordisco en los pulmones. Las temperaturas bajan hasta extremos insoportables.

La nieve no es siempre blanca. Puede ser rosa, lila o celeste. Nunca habían dispuesto de tanto tiempo para contemplar estos matices.

Hace ya varios meses que debería haber tenido lugar una de las OP más importantes, y la más larga, porque en invierno es cuando descargan más material y más gasolina para la base, y cuando envían la mayoría de las muestras recogidas a los laboratorios de las universidades de Rennes, de Chisé y de Lyon. Los científicos sienten el pesar de Sísifo, forzado a cargar una roca hasta la cima de la montaña una y otra vez. Si no se analizan esas muestras, su labor no habrá servido de nada. No hay cosa más frustrante que atarearse en balde, viendo cómo todos tus esfuerzos van a parar en saco roto. La bilis negra emponzoña sin remedio la sangre.

Los icebergs que surcan el océano Índico son inmensos, cada vez más numerosos, y cargan con su propio ecosistema. Algunos animales se han visto atrapados en esas islas de hielo. Se desgajan placas que parecen continentes. Habría que subir a bordo para llegar a la civilización, o a lo que quede de ella, en un barco de un blanco cegador, que se va fundiendo poco a poco. Quizás embarquen de un salto unos cuantos gatos salvajes, tras arrancar de un bocado la cabeza de algún invernante como festín para la travesía. Quizás los gatos salvajes sean los emisarios, peludos e inquebrantables, del fin del mundo; feroces y perversos como el Apocalipsis.

7.2 Los vientos hostiles castigan a quienes se atreven a visitar este confín perdido, que parece sacado de una leyenda, por su lejanía e inhospitalidad. Es el lugar ingrato donde los héroes árticos acuden a la llamada de lo desconocido y son azotados por el aire gélido como castigo a su atrevimiento. Buscan la isla del tesoro, pero encuentran una tierra baldía.

Los esqueletos de las construcciones corroídas por el salitre en Port Jeanne d'Arc —una estación ballenera abandonada— dan testimonio de la persistencia de los intentos de los hombres por conquistar esta tierra inhóspita, y de su fracaso.

A finales del siglo XIX, el aceite de ballena alumbraba ciudades enteras y servía como lubricante de máquinas y para fabricar explosivos o maquillaje. El vellocino de oro de las Kerguelen estaba escondido entre las olas. Las crónicas de los viajeros cuentan que el mar que rodeaba las islas estaba ensombrecido por los lomos de las oscuras bestias cuyos cantos atrajeron a muchos argonautas hasta estas costas mortíferas. Entre ellos, los hermanos Bossière, quienes crearon la Sociedad de las Islas Kerguelen y, en 1908, consiguieron capital noruego para construir una industria ballenera en Port Jeanne d'Arc.

A falta de madera, exprimían pingüinos con una prensa, como si fueran limones. Utilizaban la grasa de pingüino para encender el fuego con el que fundir en enormes calderos —a su vez— la de centenares de ballenas y elefantes marinos. Instalaron unos cabrestantes descomunales con los que remolcaban a los cetáceos hasta la playa, donde descuartizan sus cuerpos enormes y lisos. La arena se teñía de sangre mientras los mares se vaciaban. Era una verdadera hecatombe que interrumpió la Primera Guerra Mundial. La producción se reanudó en 1920, esta vez financiada con capitales ingleses y sudafricanos. En la década siguiente, se desplomó el precio del barril de aceite de ballena y la fábrica, ya obsoleta, cerró sus puertas.

Los pioneros australes que creyeron encontrar El Dorado en esas tierras salvajes fueron víctimas de un espejismo.

Espoleados por la nostalgia de lo primigenio, partieron en busca de un vergel mítico y nunca hollado, pero encontraron un archipiélago irreductible donde la naturaleza siempre ha acabado triunfando sobre la civilización. Pecaron de esa vanidad, tan humana, de querer doblegar lo indoblegable sin contar con la fuerza de los elementos.

De la estación ballenera Port Jeanne d'Arc hoy quedan apenas unas ruinas, los raíles por donde circulaba el trenecito que remolcaba los barriles, alguna caldera desfondada y unos pocos bidones todavía alineados, como esperando a ser embarcados. Y en Saint-Paul, otra isla de las TAAF que osaron tratar de colonizar los Bossière, unas piedras en el suelo, cubiertas de vegetación, delimitan el perímetro de la antigua conservera. Ya se han borrado prácticamente todas las huellas del paso del hombre por esas tierras, pero al menos un centenar de petroglifos ha resistido la erosión. Para dejar constancia de su infortunio, los marinos inscribían en las rocas de la isla sus nombres y la fecha en que sus barcos naufragaron, luchando contra el olvido. Sin embargo, es difícil descifrar esas letras limadas durante varios siglos por el repiqueteo de la lluvia.

7.3 Una cáscara de hielo cubre la tierra y nadie sale de los barracones sin una buena causa. Han sufrido muchas bajas y aún no han recuperado los cuerpos de los desaparecidos. En las islas hay arenas movedizas, que digirieron en el pasado a varios expedicionarios. Lo extraño es que la frecuencia con la que desaparecen en esta hornada es alarmantemente alta; demasiado para ser una coincidencia.

Este año las temperaturas se han recrudecido, tanto en verano como en invierno. Al ser más extremos los picos de calor y de frío, la ya de por sí ardua tarea de conseguir alimentos se ha hecho más difícil.

Los invernantes han visto agonizar uno a uno a los polluelos de pingüino —a los que habían bautizado con sus propios nombres— mientras esperaban en vano la llegada de sus padres con comida. La muerte de sus tocayos los atormenta, y cunde el desaliento. Los *skuas* se han puesto las botas, han destripado los cadáveres de los polluelos, sin compasión, con picos ganchudos pintados con el carmín de la sangre de sus presas. La playa ha sido el escenario de una masacre cuya truculencia aterroriza a los espectadores, quienes se imaginan perseguidos por esas aves demoníacas cada vez que cierran los ojos.

La playa no volverá a ser escenario de ninguna masacre: ha desaparecido. Se la ha tragado el océano. El agua llega casi a la linde de la base. En base a sus mediciones, Quentin ha calculado que en cuestión de un par de semanas, como siga subiendo el nivel del mar, tendrán que evacuarla. Deberán repartirse entre las cabañas diseminadas por el archipiélago. Si es que no se han inundado también, pues por lo general no están lejos de la costa, ni muy elevadas; excepto las de Val Studer, la de Port Elisabeth o la de Sourcils Noirs, pero no tienen capacidad para albergarlos a todos.

La marea sube cada día un poco más. Va comiendo terreno a lengüetazos. El cerco se estrecha a una velocidad inquietante.

No desperdician la comida que les queda. Rebañan bien los platos y limitan las raciones hasta la mínima expresión. Quentin añora la repostería de Christophe, quien se prodigaba en atenciones hasta que lo llamaron al orden los militares, cuando hicieron el inventario y tomaron el control de la despensa, que han cerrado con llave. Los fantasmas de sus comidas favoritas les visitan a la luz de la luna. La deshidratación, en cambio, no les preocupa: beben el agua de un lago cercano a la base.

El médico aprovecha la coyuntura para llevar a cabo un experimento. Divide en grupos a los invernantes y establece un calendario. Van a ayunar por turnos, durante cuatro días. Todos son voluntarios, así se entretienen. Pasarán hambre, pero el esfuerzo tendrá al menos una utilidad científica: descubrir los efectos del ayuno. Y así, además, durarán un poco más los víveres. La irritabilidad del primer día deja paso a la aceptación posterior, y los repuntes de energía del tercer y cuarto día coinciden con una mejora del humor.

Otro gallo cantaría si el ayuno total durase más de esas noventa y seis horas. Ya les rugen las tripas bastante por el racionamiento. Están todos de uñas. Necesitan grasa para combatir el frío. Si fuese verano podrían cazar elefantes marinos o saquear nidos de petrel. No van a salir de excursión hasta que amaine: es una orden de los militares, ya bastante inquietos por la reprimenda que les espera si pierden a algún científico más.

Llevan meses sin comer fruta y verdura frescas, salvo las algas y las coles de Kerguelen (*Pringlea antiscorbutica*), la única fuente de vitamina C que crece en esas tierras; son longevas, viven más de cincuenta años, y las más tiernas están buenas en ensalada, aunque no se pueden hervir porque desprenden una pestilencia intolerable. Quentin cocina con algas pero, por ahora, la mayoría las desdeña. Hay que ir hasta el borde del mar a pescar las algas, o adentrarse en el interior para desenterrar las coles, escondidas bajo la nieve. Toda una odisea, pero es preciso luchar contra el escorbuto.

El contrato social pende de un hilo. La fuerza está del lado de quienes custodian las armas y, teóricamente al menos, pueden conseguir comida cazando algún reno, aunque se están empezando a quedar sin munición y, debido a las constantes nevadas, no es posible alejarse mucho de la base. Los demás se contentan con poner trampas a la entrada de las madrigueras: una especie de lazo de metal con un nudo corredizo que estrangula a los conejos cuando intentan entrar o salir. Hay que estar muy pendiente, rondando las madrigueras, porque los *skuas* vigilan, dispuestos a hurtarles las presas si las dejan demasiado tiempo a la intemperie.

Hartos ya de soportar privaciones, chaparrones y vendavales, quieren retornar a casa. La convivencia se hace cada vez más dura. Entre el viento que arrecia y no perdona, el hambre y el agotamiento, las fricciones están a la orden del día. Como cuando llega el final de curso y el hartazgo revolotea en el aire. Necesitas con urgencia perder de vista a tus compañeros de clase durante el verano, todo lo que hacen te molesta. Después de tres trimestres, su sola existencia te saca de tus casillas. Si acaso, en septiembre ya te congraciarás otra vez, no quedará más remedio que afrontar el nuevo año escolar codo con codo, como los presos en las galeras, forzados a remar juntos y a soportarse, lo quieran o no.

Los científicos se amotinan contra la férrea mano con la que los militares controlan la base, pero la rebelión fracasa, en gran parte porque no hay un liderazgo claro, alguien capaz de tomar decisiones tajantes e impopulares. No quieren mojarse tanto. Prefieren ser borregos rezongones camino del matadero. No acaban de ponerse de acuerdo y se pierden en infinitas discusiones teóricas que no llevan más que a callejones sin salida. No son una oposición estructurada. Divide y vencerás.

7.4 «Yo nunca he besado a una chica. Yo nunca he anillado a un pingüino. Yo nunca he visto un ave carroñera alimentarse de restos humanos. Yo nunca he hecho un trío. Yo nunca he vivido en una isla desierta. Yo nunca he tocado un cadáver. Yo nunca he huido de un león marino enfadado. Yo nunca me he revolcado desnuda en la nieve. Yo nunca he robado comida. Yo nunca he capturado a un gato salvaje. Yo nunca he temido morir de hambre. Yo nunca he jugado con una cría de elefante marino. Yo nunca he tenido secretos oscuros».

Con tal de no escuchar los ladridos del viento, de noche, llegan a jugar al «yo nunca he», al *strip* póker y a las tinieblas. Olivia ríe, excitada, tras beber chupitos de tequila a pequeños sorbos en ombligos ajenos; se siente como la adolescente popular que nunca fue.

Se crean enemistades ruidosas jugando a «los colonos de Catán». La lucha por los recursos y la estrategia de hundir a tu adversario cuando más ayuda necesita, negarle un cambio razonable de dos maderas por una oveja o de una arcilla por dos trigos… esas cosas no se perdonan jamás. El rencor perdura incluso si se entretienen con otros pasatiempos menos enconados. En el Monopoly, juegan desvalijando la banca. En el Cluedo, la señorita Amapola golpea con el candelabro al doctor Negro en el invernadero. En el Loup-Garou, los lobos feroces matan a la bruja, al alcalde y a los aldeanos.

Desde hace unos días no tienen internet: han perdido las conexiones con el exterior. La imposibilidad de comunicarse los sume en una especie de estupor. Se sienten siempre a una mala noticia de la tragedia. ¿Habrá ocurrido lo peor? Quizás haya estallado la última guerra de la era de los hombres.

Están aislados. La distancia, ahora sí, es infranqueable. Son astronautas que han aterrizado en una luna demasiado lejana como para regresar a casa y demasiado inhóspita como para sobrevivir en ella. Son buzos atrapados en las profundidades del océano, sin esperanza de alcanzar la superficie, aplastados bajo el peso del agua y de la impotencia.

La orilla cada vez se acerca un poco más, pero no hay rastro del Marion Dufresne II, no hay rastro de auxilios en el horizonte, solo la angustia que acerca el raudo ascenso del nivel del mar. La soledad y el miedo prenden la llama de la locura. El quedarse incomunicados ha sido la gota que ha colmado el vaso. Unos pierden la cabeza y salen corriendo desnudos en la noche, gritándole al viento y a la nieve; otros, desesperados, se lanzan vestidos al mar helado. No se les vuelve a ver. Ni siquiera encuentran sus cadáveres, cuyas carnes podrían haber alimentado al resto de los invernantes. Son muertes gratuitas, inútiles, pero sin embargo inevitables. El invierno austral siempre se cobra alguna víctima, incluso los más audaces capitanes caían presa de un abatimiento invencible y, si encallaban en la costa, se volaban los sesos; mejor esto que marchitarse en estas tierras solitarias en espera de un rescate improbable. Los severos dioses de este sur glacial y salvaje reclaman sacrificios humanos con cierta regularidad.

7.5 No deja de nevar. Quentin se pregunta si seguirán vivos cuando amaine y si no tendrán que recurrir al canibalismo en caso de no recibir avituallamiento, una alternativa que ya no se le antoja tan macabra. Entonces comerían nalgas asadas, muslitos al pilpil, brazos a la parrilla o tetas confitadas, aunque están todos ya tan esqueléticos que no sacarían mucha tajada. Lo que le aterroriza no es la idea de comer carne humana, sino la perspectiva de ser él quien saque el palo más corto cuando lo echen a suertes, como en la canción del grumete... Apenas si recuerda ya a Martine, a Emma y a Edoardo, a quienes tanto lloró. No puede pensar en otra cosa más que en ese hambre atroz que le roe las entrañas. ¿Y a quién le importa un muerto de más o de menos cuando se acaba el mundo?

El barco no llega. La travesía se ha vuelto más peligrosa por culpa de los icebergs que se deslizan por el océano Índico. Ya debe de haberse deshecho todo el hielo del Polo Sur, y los políticos estarán demasiado ocupados haciendo frente al desastre del cambio climático como para acordarse de mandar provisiones a unas islas en la periferia de la periferia. Un punto minúsculo en una gigantesca extensión de mar abierto. Apenas se ve en los mapas. Hay que fijarse bien para verlo: unas cuantas rocas perdidas en un océano inabarcable.

Si el apagón tecnológico no es local, sino universal, se habrán perdido los registros. No se sabrá quién es rico y quién es pobre, quién sigue vivo y quién ha muerto.

Están incomunicados, sitiados por la nieve y el mar. Algunos se ponen sentimentales, otros irascibles, casi todos oscilan entre la melancolía y el nihilismo. Son pollos decapitados que corren sin rumbo dejando un reguero de sangre en la nieve.

Son náufragos en una isla desierta. Lanzan al mar, medio en broma medio en serio, mensajes en una botella. Al principio son ocurrentes, luego cada vez más desesperados. Nunca habían conocido el hambre y el miedo hasta ahora.

Envían mensajes al más allá, redescubriendo un fervor religioso olvidado. En su frenesí crepuscular, frecuentan la iglesia y piden la intercesión de Dios. Ruegan que se apiade de ellos, que los perdone por haberlo abandonado durante los tiempos felices; que no salve solo sus almas, sino también sus cuerpos. No quieren morir todavía. Hasta ahora solamente habían rezado para que les tocase la lotería.

Ahora, todo eso ya no importará. El dinero ya no valdrá nada. Las cuentas estaban informatizadas. Habrán saltado por los aires el Estado de bienestar y la sociedad capitalista. Será la debacle. En las ciudades lo pasarán peor que en los pueblos. Habrá pillaje en los centros comerciales. Empezará el éxodo, la huida de una tierra yerma. Y aparecerán los nuevos apestados, los inmigrantes climáticos que saltarán vallas y atravesarán continentes, rumbo al norte. Se instaurará el sálvese quien pueda. Los lobos se quitarán la piel de cordero tras la que escondían su verdadera naturaleza. Y los más débiles se quedarán atrás, abandonados a su suerte.

Olivia no teme por sus hermanos, sanguinarios lobos esteparios que se abrirán paso a dentelladas. Sus padres, en cambio, son animales mansos, demasiado viejos y cansados para luchar. Aun así, quizás aguanten en su adorado pueblucho el tiempo suficiente como para ser felices —al menos durante un instante de sus vidas— mientras el mundo se derrumba a su alrededor. Después morirán, como todos los demás corderos.

7.6 Mientras el tráfico de icebergs por el océano no cesa de aumentar, desgarrando a su paso la superficie añil en jirones blancos, el invierno se hace más crudo. La nieve se agolpa en los quicios de las puertas y en las ventanas. Olivia se mete todas las noches en la cama temiendo acabar sepultada en vida bajo un alud durante el sueño. A veces, cuando se despierta y mira por la ventana el paisaje nevado, se acuerda del asfalto que quema las suelas de los zapatos en las calles madrileñas en agosto y, por un momento, mientras se despereza, cree seguir soñando, o haberse convertido —a su pesar— en un personaje de una película de Wes Anderson.

De momento, al menos, se está a gusto en los barracones. Son calentitos y estancos. El viento glacial que los golpea no los atraviesa todavía. Mientras la nieve tamborilea en la ventana, Olivia lee, envuelta en un edredón. El racionamiento no le afecta tanto como a los demás, porque guarda un alijo del que picotear a escondidas, pero las provisiones se agotan poco a poco.

Le viene la regla. Se clavan puñales en su vientre. Razón de más para no salir de la cama. El dolor agudiza el odio a la humanidad.

Las mujeres pasamos años sangrando. Ha hecho las cuentas. Siete días al mes, doce semanas al año, durante los diecisiete inviernos que la separan de aquella vuelta al cole en que acudió contrariada a la enfermería cuando sus braguitas se tiñeron de rosa. Siete por doce por diecisiete. Mil cuatrocientos veintiocho días. Treinta y cuatro mil doscientos setenta y dos horas durante las cuales, como a las damiselas anémicas de las novelas victorianas, siempre desmayadas, se apodera de ella un cansancio interminable.

Querría también calcular el volumen, y fantasea con bucear en piscinas olímpicas rebosantes de sangre menstrual que alimentarían a familias enteras de chupacabras.

Hay un momento en que la presa se rinde y permite que el depredador le clave los colmillos en el cuello. Deja de debatirse y se reconcilia con la idea de la muerte. A Olivia le llega ese momento exactamente una vez al mes.

Ahora, más que nunca, tiene motivos de peso para la desesperación. Las buenas notas no sirven de mucho en un mundo postapocalíptico. Pierden todo el valor que alguna vez tuvieron. La esperanza ha muerto. El futuro que ella ha planeado para sí ha muerto. A ver quién es el listo que se aburguesa en un barco que se hunde. Si se tumbase desnuda sobre el hielo, se le quemaría la piel. Se quedaría pegada, como un faquir, al lecho punzante.

Carece de sentido prolongar la agonía. Si pierde todo aquello por lo que se ha esforzado, se pegará un tiro. Siente la tentación de dejarse llevar por la corriente, como Ofelia, de flotar en el agua sombría mientras los latidos de su corazón se van espaciando hasta apagarse del todo. Cortar las amarras que la atan a la lucha cotidiana.

Olivia aspiraba a una parcela de felicidad chiquita, a un poco de independencia económica, nada del otro mundo. No valoraba el dinero ni la riqueza en sí. No eran sino un medio para un fin: esquivar la penuria. Sus deseos eran modestos y hubiesen sido factibles: quería dedicarse a la investigación, estudiar a sus bichitos con la tranquilidad que te da la certeza de un sueldo fijo. Ahora siente que su ambición es una broma infinita, su corazón un bloque de hielo, tan frío como el espacio que separa a las estrellas, que se derrite dejando un vacío sideral en su pecho.

7.7 Vive al borde del llanto desde que no tienen contacto con el exterior. Ha perdido los papeles, y la partida. Como los héroes griegos, Olivia se ha rebelado contra su trágico destino en balde. No le queda sino aceptarlo. Entregarse a él sin reservas.

En sueños, cose pacientemente un muñeco con los retazos de los cadáveres que ha ido abandonando por el archipiélago. De la mano de este nuevo Frankenstein, camina todas las noches por largos pasillos, tétricos y serpenteantes, sin hallar nunca la salida. Ni la luz al final del túnel.

Le gustaría tener siete vidas, como los gatos, porque esta primera ya la ha desperdiciado.

A pesar de todo, tampoco va a atiborrarse de pastillas ni a cortarse las venas, ni a inyectarse ketamina. No va a salir desnuda a hacer el ángel en la nieve. Quizás no esté en su mano elegir si morirse o no, de todas maneras. Por mucho que lo pelee, si no llegan pronto los suministros, no se salvará; ni ella ni nadie. Las larvas excavarán túneles en la carne putrefacta de sus cadáveres. Que se mueran los demás, si acaso, y la dejen en paz con sus libros y su silencio, interrumpido únicamente por el silbar del viento enrabietado. Tendría que envenenarlos a todos con el azúcar del café, como un personaje de Shirley Jackson, y quedarse a solas con la literatura en un castillo envuelto en brumas.

La biblioteca de Port-aux-Français sería suficiente para una vida. Podría ir arrancando las páginas y quemarlas en el fuego para calentarse. Las reservas de combustible están ya en las últimas; pronto sabrán de verdad lo que es el frío.

Si viviese hasta los ochenta y cinco, todavía podría disfrutar cincuenta y siete años lúcidos de lectura. Al ritmo actual de tres libros por semana, le faltarían ocho mil ochocientos noventa y dos por degustar; pongamos nueve mil, redondeando. Las novelas cortas se las lee en una tarde, las largas en una noche, y los cómics en media hora. Tal vez se quedaría un poco justa. Aunque hay que contar con las relecturas. Todas las novelas que leyó en la adolescencia ahora cobran nuevo sentido.

Fue una lectora precoz y desafió las restricciones temáticas que prescribían las monjas en el colegio. Los padres de Jimena guardaban en el estante más alto del estudio, al que se trepaba por una escalera de caracol, todas las obras picantes: *Lolita*, *Las edades de Lulú*, *Delta de Venus*, *La historia de O*… Olivia se las leía en voz alta a su amiga, con una media sonrisa, mientras un reguero de lava corría por sus venas. Alternaba la lectura con versos de santa Teresa, que debían memorizar para sus clases, poniendo voces graciosas, que pretendían ser sugerentes. Perdía el hilo, interrumpida por las carcajadas del auditorio.

En su despertar sexual no vieron pornografía: leyeron novelas de mujeres caídas. Y seguramente sea más incitante la imaginación que la imagen de una orgía en la pantalla. Antes de que fuera carne, la lascivia fue literatura. Se masturbaban en la ducha, alternando la intensidad de los chorros del cabezal, mientras especulaban sobre las cuitas de las chicas malas que protagonizaban aquellas historias subidas de tono. Y ninguno de sus ligues estuvo nunca a la altura de los seductores personajes masculinos de las novelas.

Los víveres, no obstante, no bastarían; aunque fuesen para ella sola, sin compartirlos. Tendría que cazar focas, vestirse con sus pieles y alimentarse de su grasa si quisiera aguantar el invierno, y aun así no cree que sobreviviese tanto tiempo.

Quizás mueran todos mucho antes, ahogados bajo las olas, si el océano sigue royendo poco a poco el archipiélago hasta anegar por completo la tierra que pisan.

7.8 Tienen razón sus hermanos: es una extraterrestre. Siempre ha notado una enorme distancia entre ella y el mundo. Nunca ha sentido pertenencia a un lugar, a un equipo, a un partido político y, mucho menos, a la especie humana. Le dan pavor los demás. Sobre todo, durante los partidos de fútbol. No mira la pantalla, sino a los espectadores. Se le ponen los pelos de punta por la metamorfosis. Si alguna vez se casa, su rico y culto marido odiará los deportes televisados; son los tres requisitos. Que le sea fiel o no ni siquiera importará demasiado. Será fundamental que bajo ningún concepto pueda transformarse en un troglodita que le grita al cabrón del árbitro, desgañitándose, con las facciones desfiguradas por la ira.

Se siente una impostora. Desde pequeña, siempre disimulando para poder encajar. Por eso le chiflan las pelis de ciencia ficción en las que encuentran vida inteligente en otros planetas. Tal vez con los alienígenas sí se sentiría en casa. No le importaría nada ser abducida por un platillo volante. Le agota hablar con la gente. Tiene que hacer esfuerzos sobrehumanos en sociedad. La medida de Kerguelen es la ideal. Eran cuarenta y nueve invernantes al zarpar de Crozet. Cada vez son menos, gracias a sus cuidados. Olivia es una sirena cuyos cánticos de oscuridad y muerte engatusan a quienes los escuchan.

Quizás debería mudarse lejos del mundanal ruido, pero cerca del mar y de algún bosque, como una ermitaña, y disfrutar de las ventajas de la vida en el campo. Podría teletrabajar, así no tendría que matar a nadie más. Al menos intentaría evitarlo. No quiere acabar sus días en una prisión, no después de haber vivido tan libre. Se ha habituado a que la vista se pierda en el horizonte. Como los gatos salvajes, llegó a estas tierras siendo una mascota, y se ha asilvestrado sin remedio.

Por fin entiende a sus padres. Los llamaría si pudiese, pero las líneas están cortadas. Quién sabe si para siempre. Siente que se acerca el final, y su mirada se dirige hacia adentro, y hacia atrás. Se reconcilia con su memoria y se despide de sus vanas ambiciones. Perdona a sus padres y a sus hermanos por no haber sabido entenderla. Es posible que esos pobres diablos la quisiesen a su manera.

7.9 La costa se ha convertido en un cementerio de icebergs, el archipiélago está rodeado por un mar de aluminio salpicado de montañas de hielo.

Olivia ha terminado la laca de uñas. Se va a ver forzada a retirarse de su carrera de asesina en serie ahora que está en la cumbre. Le queda un *sprint* final, tiene que garantizarse el monopolio de las conservas. Se alimentará también de las entrañas de sus compañeros. Sin dejar ni un hueso. Sin cadáver, no hay crimen. Sin crimen, no hay castigo.

Habría que aprovecharlo todo, recoger hasta la última gota de sangre y beberla, como un pequeño vampiro. Y acabar con los demás habitantes de las islas, uno tras otro.

Su cuerpo enjuto alberga un demonio que ha despertado al escuchar la llamada de lo salvaje. Siente pena, eso sí, por Quentin, que la mira con ojos de animal herido. Le divierte marear la perdiz, jugar al gato y al ratón con él. Ella es el gato, y se va a comer al ratón.

Tendría que dejar de ponerle los dientes largos y acostarse con él una vez, al menos, antes del fin del mundo. Más de una, si se tercia y se les da bien. Que el Apocalipsis los pille en la cama y en buena compañía, no sea que el pobre muera sin haberla visto desnuda. Así, su vida tendría más sentido. Será su última víctima. Quizás incluso se salve, si es que llega el rescate. O no, mejor no dejar supervivientes. Ni rastro de sus crímenes.

La histeria generalizada ha debido de hacer mella en su carácter, debe de haberlo reblandecido hasta dejarlo viscoso, pastosito. Como cuando no te comes a tiempo los cereales y se empapan demasiado: ya no solo no crujen, sino que se quedan pegados a los dientes. Para desayunar, Olivia va echando los cereales en la superficie del bol de leche, y los pesca con la cuchara antes de que tengan ocasión de empaparse demasiado. Sus hermanos los echan de golpe, lo remueven todo y se comen luego una masa glutinosa parecida a las papillas de los bebés. Siempre se han reído de sus manías de tiquismiquis.

Su abuela le regaló por su séptimo cumpleaños siete bragas, de colores diferentes, con los siete días de la semana escritos en cursiva: lunes, amarillo; martes, azul; miércoles, rosa; jueves, verde; viernes, lavanda; sábado, naranja; domingo, granate.

Le encantó el regalo. Le daba una sensación de cierto control. Siempre le ha gustado ordenar el mundo, clasificarlo. Odia el caos. O ponerse las bragas del lunes el miércoles. Cuando sus hermanos lo descubrieron, se las escondían la noche anterior, y no le quedaba más remedio que llevar puesto el día equivocado. Entonces estaba a disgusto a la hora del desayuno, y la hacían rabiar hasta que rompía en sollozos. Luego la llamaban llorica.

Disfruta cuando lo tiene todo ordenadito. Es fácil cuando se es austero, aunque sea a la fuerza, y no se tiene nada, o casi nada, que ordenar. Se puso esas bragas de colores durante años, incluso con agujeros, zurcidas hasta lo impresentable.

En su casa no se tira, se remienda. Pero hay agujeros que te atrapan, te succionan, te engullen. Son tan grandes que te caben el cuerpo y el alma por ellos, y no hay quien los remiende.

Ese frío que se cuela por las rendijas de sus huesos, por ejemplo.

O el número cada vez más irrisorio de conservas en la despensa de la base.

Las bandadas de aves carroñeras que sobrevuelan los barracones.

La marea que sube, implacable.

Los gatos salvajes agazapados en la densa niebla que todo lo envuelve.

Los icebergs, blancos jinetes del Apocalipsis que cabalgan por un mar sombrío.